TO END THIS
LOVE GAME×××
堂本裕貴
1
Yuki Domoto

# TO END THIS LOVE GAME ×××

## 1

## SOMMAIRE


JEU N°1 : DES AMIS D'ENFANCE QUI NE VEULENT PAS PERDRE 003

JEU N°2 : DES AMIS D'ENFANCE QUI ONT DU MAL À RESTER PROCHES 063

JEU N°3 : DES AMIS D'ENFANCE QUI CUISINENT 089

JEU N°4 : DES AMIS D'ENFANCE CONNECTÉS 109

JEU N°5 : L'INVITATION D'UN AMI D'ENFANCE 129

JEU N°6 : UN RENCARD ENTRE AMIS D'ENFANCE 149

JEU N°7 : UN AMI D'ENFANCE QUI EN FAIT TROP 173

JEU BONUS : LA CÉRÉMONIE DE FIN D'ÉTUDES DES AMIS D'ENFANCE 191

* CETTE ANNÉE CORRESPOND À LA 6e DANS LE SYSTÈME FRANÇAIS.

## JEU N°1 DES AMIS D'ENFANCE QUI NE VEULENT PAS PERDRE

* ONIGIRI.

4 ANNÉES SE SONT ÉCOULÉES DEPUIS...
JE T'AIME...
... MIKU.
MOI AUSSI...
... JE T'AIME ! ♡

Allez...
ARRÊTE DE T'OBSTINER ET AVOUE QUE ÇA TE FAIT DE L'EFFET.
HM
NON, C'EST PLUTÔT TOI QUI DEVRAIS RECONNAÎTRE TA DÉFAITE.
BOBOM BOBOM
BOBOM
BOBOM BOBOM
À PRÉSENT, NOUS SOMMES LYCÉENS, MAIS NOUS CONTINUONS À JOUER...
... À CE JEU DE LA DÉCLARE-ACTION.
BOBOM
BOBOM BOBOM BOBOM

JEU N° 1
DES AMIS D'ENFANCE QUI NE VEULENT PAS PERDRE

TU TRICHES, YUKIYA ! JE SUIS SÛRE QUE ÇA T'A FAIT DE L'EFFET !
NON, JE N'AI PAS PERDU !
DISONS QU'ON A FAIT MATCH NUL !!
YUKIYA ASAGI (15 ans)
Il vient de finir sa dernière année scolaire au collège.

HAA !
T'ES VRAIMENT BUTÉ !
MIKU SAKURA (15 ans) L'amie d'enfance de Yukiya.
COMME TU NE VEUX PAS ADMETTRE TA DÉFAITE...
... ON N'EST PAS PRÈS DE FINIR CE JEU !
MAIS...
... TOUT À L'HEURE, QUAND TU M'AS DIT QUE TU M'AIMAIS...
... T'AVAIS VRAIMENT L'AIR D'UN BEAU GOSSE, TU SAIS ?

GLOUP
NyARK !
!
OH ! T'AS ENCORE L'AIR GÊNÉ !!
ALORS, ON PEUT CONSIDÉRER QUE J'AI GAGNÉ, PAS VRAI ?
Ton corps est tout raide !
HEIN ? QU'EST-CE QUE TU RACONTES ?
JE SUIS LE SEUL À POUVOIR DIRE SI ÇA ME FAIT DE L'EFFET OU PAS !
ET VOILÀ ! TOUJOURS LA MÊME EXCUSE !
BON ! TANT PIS ! JE T'ACCORDE LE MATCH NUL POUR AUJOURD'HUI !
T'AS VU ? JE SUIS VRAIMENT SYMPA, HEIN ?
HM HM
ILS JOUENT ENCORE À LEUR JEU ?

MAIS, AU FAIT, J'AI L'IMPRESSION QUE LES RÈGLES ONT CHANGÉ, NON ?
OUI, COMME PERSONNE N'A ENCORE CRAQUÉ...
... ILS ONT DÉCIDÉ QUE TOUS LES COUPS ÉTAIENT PERMIS POUR FAIRE DE L'EFFET À L'AUTRE.
ILS SE LIVRENT DONC UNE LUTTE D'ENDURANCE QUI NE PRENDRA FIN QUE LORSQUE L'UN D'EUX AURA ADMIS SA DÉFAITE.
BOBOM BOBOM
ドキドキ
HEIN ?!
TOUS LES COUPS SONT PERMIS ? OH ! MAIS ALORS...
CES AMIS D'ENFANCE NE PEUVENT PAS SE PARLER AVEC SINCÉRITÉ.
REGARDONS-LES SE DÉMENER POUR SE SORTIR DE CETTE SITUATION DIFFICILE !
PSST PSST
OUI, ÇA M'INTRIGUE AU PLUS HAUT POINT !

!
AH !
JE DOIS RENTRER !
AH BON ? DÉJÀ ?
...
NYARK
にやり...
DIS, YUKIYA... DEMAIN, C'EST NOTRE 1er JOUR AU LYCÉE, PAS VRAI ?
?
J'AIMERAIS BIEN...
... QU'ON SOIT DANS LA MÊME CLASSE.
!!
CE N'ÉTAIT PAS LE CAS L'ANNÉE DERNIÈRE, ALORS ÇA POURRAIT ÊTRE SYMPA QU'ON PUISSE SE RETROUVER ENSEMBLE, CETTE FOIS.
Euh...
SI ON N'EST PAS DANS LA MÊME CLASSE, JE M'EN REMETTRAI, TU SAIS ?
SI TU LE DIS...

BON, JE RENTRE !
MERCI, TONTON !
DE RIEN ! SOIS PRUDENTE SUR LA ROUTE !
CLING! CLING!
...
SDOM
BON SANG !!
ELLE SE FOUT ENCORE DE MOI !!
ET QU'EST-CE QUI LUI PREND DE SALUER SON ONCLE COMME UNE ENFANT ?!
ALORS QU'ELLE A SOUVENT DES RÉPLIQUES INSOLENTES DIGNES D'UNE ADULTE, IL LUI ARRIVE DE SE METTRE TOUT À COUP À PARLER COMME UNE GAMINE ! CE CONTRASTE ENTRE SES CÔTÉS ENFANTIN ET MATURE ME REND DINGO !

ELLE EST TROP MIGNONNE !!
AAAAAAAAAH
CE GARÇON DEVIENT HONNÊTE DÈS QUE MIKU N'EST PLUS LÀ.
EN GRANDISSANT, MIKU DEVIENT DE PLUS EN PLUS JOLIE !
CLANK CLANK
ELLE EST ENJOUÉE, TRÈS POLIE ET ELLE A UNE JOLIE VOIX.
EN PLUS, ELLE EST TRÈS POPULAIRE AUPRÈS DES GARÇONS !
OUAIS, JE RECONNAIS BIEN MA NIÈCE DANS CETTE DESCRIPTION !
ELLE EST PEUT-ÊTRE PARTIE PLUS TÔT PARCE QU'ELLE AVAIT RENDEZ-VOUS AVEC UN AUTRE GARÇON !
Ou pour passer un coup de fil à un copain !
TIC
CE N'EST QU'UNE QUESTION DE TEMPS AVANT QUE TU ADMETTES TA DÉFAITE, YUKI !
GOUH !

ZUT ! COMMENT J'EN SUIS ARRIVÉ LÀ ?
QUAND ON A COMMENCÉ CE JEU, ON ÉTAIT EN SIXIÈME ANNÉE D'ÉCOLE PRIMAIRE.
JE T'AIME, TU SAIS ?
OUAIS, OUAIS, MOI AUSSI !
ET À CETTE ÉPOQUE, JE NE ROUGISSAIS PAS DEVANT MIKU.
* MER.
ALORS QUE JE PERDAIS SOUVENT QUAND NOUS JOUIONS ENSEMBLE, LE JEU DE LA DÉCLA-RÉACTION...
... M'A PERMIS DE VOIR LA FRUSTRATION SUR SON VISAGE.
GRR
MAIS CE N'ÉTAIT RIEN DE PLUS QU'UNE DISTRACTION POUR MOI.

CEPEN-DANT, UN BEAU JOUR...
... ALORS QUE NOUS ÉTIONS EN DEUXIÈME ANNÉE DE COLLÈGE...
JE T'AIME...
... YUKIYA !
FWAP
...
OH !
T'AS VU TA RÉACTION ?
ON DIRAIT...
... QUE TU AS RESSENTI UN PETIT TRUC, NON ?

SA VOIX, QUE J'AVAIS POURTANT L'HABITUDE D'ENTENDRE...
... M'A PARU SI DOUCE À CE MOMENT-LÀ.
C'EST À PARTIR DE CE JOUR-LÀ...
... QUE J'AI COMMENCÉ À CRAQUER POUR ELLE.
ELLE MÛRIT PLUS VITE QUE MOI...
... ET CHACUN DE SES FAITS ET GESTES M'ÉMOUSTILLE.

JUSQU'AU JOUR OÙ JE ME SUIS RENDU COMPTE DE L'ÉVIDENCE...

CRIII !
CRIII !
TU EN VEUX ?
Il fait chaud.
OUAIS.
TIC
はっ
!
NYARK
ミャ
HU HUHU !
!!
C'EST LA PERSPECTIVE D'UN BAISER INDIRECT...
... QUI TE MET DANS CET ÉTAT, HEIN ?

DE QUEL ÉTAT TU PARLES ?
CROC !
AH !!
ARRÊTE DE MORDRE CETTE PAILLE !!
SLUUURP
ぢゅうう
ET NE BOIS PAS TOUT !!
DEPUIS QUE JE SUIS TOMBÉ AMOUREUX DE MIKU...
... LE JEU DE LA DÉCLARÉACTION, QUE JE CONSIDÉRAIS AUTREFOIS COMME UNE SIMPLE DISTRACTION...
... A PRIS UNE TOUT AUTRE SIGNIFICATION.

PEUT-ÊTRE QUE...
... SANS CE JEU...

L'ogre
...
FLIP
FLIP

NON, JE SUIS SÛR QUE CE JEU...
... NOUS A LIÉS.
l'ogre

ET MAINTENANT, ON Y JOUE...
... DEPUIS 4 ANS !!
GRR
ELLE ME MANIPULE COMPLÈTEMENT !
J'AI L'IMPRESSION QUE JE VAIS LAISSER ÉCHAPPER UN "JE T'AIME" À TOUT MOMENT !
C'EST PARCE QUE TU PRENDS CE JEU TROP AU SÉRIEUX.
TU RAISONNES COMME UN HOMME QUI NE PEUT PLUS RÉSISTER.
DIRE QUE J'AI PASSÉ MON TEMPS À LUI DIRE QU'ELLE ÉTAIT PETITE ET PLATE COMME UNE LIMANDE !
SI ELLE VENAIT À APPRENDRE CE QUE JE RESSENS POUR ELLE...
BAH ALORS ?
TU N'ARRÊTAIS PAS DE ME DIRE DES MÉCHANCETÉS...
... MAIS, EN RÉALITÉ, TU ME TROUVES JOLIE, HEIN ?

T'ES UN GARÇON, APRÈS TOUT !
HUHU
PFUHUHUHU
Si ON CONTINUE CE JEU TOUS LES JOURS, TU VAS FiNiR PAR CRAQUER !
Urh...
... J'EN MOURRAIS DE HONTE !!
JE NE DOIS ABSOLUMENT PAS PERDRE CONTRE ELLE !

MAIS ELLE ME POUSSE CONSTAMMENT DANS MES RETRANCHEMENTS.
Voilà un peu d'eau !
DÈS MA DERNIÈRE ANNÉE DE COLLÈGE...
... JE ME SUIS ENTRAÎNÉ DUR POUR LA FAIRE CRAQUER.
Lentilles de contact
ET J'AI FINI PAR GRANDIR.
ET PUIS, JE T'AI CONSEILLÉ UN TRÈS BON COIFFEUR, PAS VRAI ?
Ou... oui...
À VRAI DIRE, J'AI VRAIMENT ÉTÉ SURPRIS DE VOIR À QUEL POINT MA NOUVELLE COIFFURE ME CHANGEAIT.
ALORS...
... POURQUOI JE N'ARRIVE TOUJOURS PAS À BATTRE MIKU, HINAKO ?

PEUT-ÊTRE PARCE QUE TU ES ENCORE TROP GAMIN !
TU AS VRAIMENT CRU QUE TA NOUVELLE COUPE DE CHEVEUX ALLAIT TOUT CHANGER ?
VLAAAM
GOUH !!
NE SOIS PAS TROP DURE AVEC LUI, HINAKO.
IL A FAIT BEAUCOUP D'EFFORTS EN PEU DE TEMPS, TU CROIS PAS ?
Y A PAS SI LONG-TEMPS...
... C'ÉTAIT JUSTE UN GAMIN QUI PORTAIT LES TEE-SHIRTS QUE SA MÈRE LUI ACHETAIT.
QU'EST-CE QUE TU VAS FAIRE CHEZ TOI ?
JE VAIS JOUER.
MIKU EST UNE FILLE TENACE !
...
JE LE SAIS TRÈS BIEN...
... MAIS J'AI SONGÉ À UN PLAN.
AH BON ?

ÉVIDEMMENT !
PARCE QUE JE NE PEUX PAS RESTER SANS RIEN FAIRE !
LE LENDEMAIN... LE JOUR DE LA RENTRÉE AU LYCÉE...
Pfiouh !
J'AI RÉUSSI À ME DÉBROUILLER !
Quelques minutes auparavant...
À un moment, je ne savais plus quoi faire.
DODOM
テカ テカ
J'suis perdu !
Aide-moi, s'il te plaît !
うわっ
OUAAAH
Petite soeur !
...
EN-SUITE...

* AMOUR POIGNANT.

PAR CONTRE... JE RISQUE D'AVOIR DU MAL...
... À AFFICHER UN AIR AUSSI RADIEUX.
IL Y AVAIT UN MEC COMME ÇA AU COLLÈGE.
IL FAISAIT LE BEAU GOSSE DEVANT LES FILLES... MAIS JE NE COMPRENAIS PAS LE BUT DE SA DÉMARCHE.
IL VOULAIT PEUT-ÊTRE IMITER LA PARADE NUPTIALE DE CERTAINS OISEAUX MÂLES !
J'VEUX PAS PRENDRE EXEMPLE SUR LUI, MOI.
...
...
J'AI PAS LE TEMPS DE ME SOUCIER DE CE GENRE DE DÉTAIL !

À VRAI DIRE...
... IL M'ARRIVE DE ME DEMANDER SI MIKU M'AIME AUSSI.
APRÈS TOUT, ÇA FAIT 4 ANS QU'ON CONTINUE CE JEU.
MAIS...
... COMME JE N'EN SUIS PAS SÛR À 100 %...
... JE NE PEUX PAS FAIRE LE PREMIER PAS.
JE SUIS TROUILLARD...
... ET PITOYABLE.
UN TYPE COMME MOI...
... N'A AUCUNE CHANCE DE LA SÉDUIRE.

JE VEUX DEVENIR UN MEC ASSEZ CLASSE...
... POUR L'OBLIGER À RECONNAÎTRE SA DÉFAITE.
ET AU MOMENT...
... DE MA VICTOIRE AU JEU DE LA DÉCLARÉACTION...
... JE LUI FERAI...
... MA DÉCLARATION !!

Ouais !
J'suis déter !
D'ABORD, JE VAIS ALLER LA CHERCHER CHEZ ELLE.
AU MOMENT OÙ ELLE OUVRIRA SA PORTE D'ENTRÉE, ELLE VERRA UN BEAU GOSSE !
ET ENSUITE...
BOBOM
SALUT ! T'ES VACHEMENT JOLIE, TU SAIS ?
OUAIS ! OUAIS ! OUAIS !
TIENS-TOI PRÊTE, MIKU !
GWUF
KACLAC
JE NE SUIS PLUS LE MÊME, MAINTENANT QUE JE SUIS AU LYCÉE !!

AH !!
SALUT, YUKIYA !
?!
J'ALLAIS APPUYER SUR LA SONNETTE...

SHWAF
!
CRUSH
QU'EST-CE QUE TU AS ?
Tu saignes...
JE... VIENS DE VOIR UN ANGE ?!
ELLE M'A TELLEMENT ÉBLOUI QUE J'AI FAILLI ME RAMASSER !

MAIS QU'EST-CE QU'ELLE FAIT ICI ?
D'HABITUDE, ELLE SORT TOUJOURS DE CHEZ ELLE EN RETARD.
MAIS, SURTOUT, ELLE EST TROP MIGNONNE DANS SON UNIFORME DE LYCÉENNE !!
SWIF
ELLE DÉGAGE UN ÉQUILIBRE PARFAIT ENTRE MATURITÉ ET JEUNESSE !
ET SES CHEVEUX SEMBLENT PLUS SOYEUX QUE D'HABITUDE.
Urh...
OH NON ! JE NE PEUX PLUS RÉFLÉCHIR !
J'ARRIVE PAS À CROIRE QU'ELLE ME FASSE PERDRE MES MOYENS D'ENTRÉE DE JEU !!
MO
HEIN ?

C'EST...
... MON UNIFORME QUI TE FAIT DE L'EFFET ?
FLIP
FLAAASH
NOOON !! A... ARRÊTE DE TE DANDINER COMME ÇA !!
HU HU !

OH OUI ! C'EST SUPER !!
YUKIYA RÉAGIT COMME JE L'ESPÉRAIS !
CE MATIN, JE ME SUIS LEVÉE VACHEMENT TÔT ET J'AI PASSÉ 2 HEURES À ME PRÉPARER.
J'AI PRIS UN BAIN, JE ME SUIS LAVÉ LES CHEVEUX...
... J'AI MIS DE LA CRÈME HYDRATANTE ET J'AI FAIT DE L'EXERCICE.
J'IMAGINE... QU'IL NE SAIT PAS...
... POURQUOI JE TIENS TANT À GAGNER À NOTRE JEU DE LA DÉCLARÉACTION.

JE VEUX REMPORTER CETTE PARTIE...
... POUR QU'IL ME VOIE EN TANT QUE FILLE.
JE SUIS AMOUREUSE DE LUI DEPUIS SI LONGTEMPS.
DEPUIS CE FAMEUX JOUR...

JE CROIS QUE JE LUI FAIS UN PEU D'EFFET CES DERNIERS TEMPS...
... MAIS IL N'ADMET TOUJOURS PAS SA DÉFAITE.
DE PLUS...
... ÇA N'A AUCUN INTÉRÊT SI C'EST MOI QUI LE DÉCLARE PERDANT.
JE VEUX L'ENTENDRE ME DIRE...
... QU'IL ME TROUVE JOLIE.
JE VEUX GAGNER À TOUT PRIX !
C'EST MA FIERTÉ DE JEUNE FEMME PURE QUI EST EN JEU !!
ÇA VA ALLER ! JE VAIS ME BATTRE JUSQU'AU BOUT !! JE DOIS AVOIR CONFIANCE EN MOI, MALGRÉ MA PETITE POITRINE !!

OH ! MAIS...
... C'EST MOI...
... OU IL EST VACHEMENT BEAU DANS SON UNIFORME DE LYCÉEN ?!
IL A MIS DU GEL SUR SES CHEVEUX.
IL A BOUCLÉ LA POINTE DE SES MÈCHES LUI-MÊME ? C'EST TROP MIGNON !!
GOUUUH...
うーむ…
JE N'ARRIVE PAS À CROIRE...
... QU'UN GARÇON QUI N'AVAIT AUCUN STYLE FASSE AUTANT BATTRE MON CŒUR !!
QUELLE INSOLENCE !!

BOBOM
MAIS COMME JE L'AI DÉJÀ IMAGINÉ DE NOMBREUSES FOIS DANS SON UNIFORME...
... J'AI PU ME PRÉPARER PSYCHOLOGIQUEMENT !! ALORS, TOUT VA BIEN !!
TU AS DU MAL À ME REGARDER PARCE QUE TU ME TROUVES TROP JOLIE, PAS VRAI ?
...
PFF...
NE TE FAIS PAS DE FILMS !
C'EST JUSTE PARCE QUE JE SUIS ÉBLOUI PAR LA LUMIÈRE DU SOLEIL.
GOUH !
OH NON !! JE NE DOIS PAS FAIBLIR !!
SI JE PERDS LA FACE ICI, TOUT SE PASSERA COMME QUAND J'ÉTAIS AU COLLÈGE !
MAINTENANT QUE JE SUIS LYCÉEN, JE DOIS LUI FAIRE COMPRENDRE...

... QUE J'AI CHANGÉ !!
ET TOI, ALORS ?
T'ES EN TRAIN DE ME DÉVORER DES YEUX, NON ?
TADAM

QU...
QUOiiiii ?!
OU... OUAAAAAH !!
AAAH
JE... JE L'AI COINCÉE CONTRE LE MUR !!
IL EST SI PRÈS !
JE SUIS PLUS PRÈS D'ELLE QUE JE LE PENSAIS !
AAAAAH
IL EST PRESQUE COLLÉ À MOI !!
JE SUIS PRESQUE COLLÉ À ELLE !!
BOBOM
BOBOM
QUAND EST-CE QU'IL A APPRIS CETTE TECHNIQUE DE DRAGUE ? IL NE L'AVAIT ENCORE JAMAIS UTILISÉE JUSQU'À MAINTENANT !!
BOBOM
IL VIENT DE ME COINCER ENTRE LUI ET UN MUR !!
AH !
EN PLUS...

... IL N'A PAS FERMÉ...
... LE COL DE SA CHEMISE !!
EST-CE QU'IL AVAIT PRÉVU TOUT ÇA POUR ME SÉDUIRE ?
QUELLE INSOLENCE !!
MAIS... IL N'A PAS...
... VRAIMENT L'AIR À L'AISE.
IL A ÉTÉ TROP NAÏF !
IL LUI MANQUE UNE DIZAINE D'ANNÉES D'EXPÉRIENCE POUR ESPÉRER ME BATTRE !
TU VAS VOIR CE QUE TU VAS VOIR !!

GRAB
?!
HEIN ?! MAIS... MAIS QU'EST-CE QUI LUI PREND ?!
JE SAIS QUE TU ESSAIES DE PARAÎTRE COOL...
... MAIS TU DOIS ÊTRE PLUS SOIGNEUX QUAND TU T'HABILLES !
TCHUF
ET VOILÀ !
C'EST MIEUX COMME ÇA, NON ?

BAH, QU'EST-CE QUE TU AS ?
BOBOM
BOBOM
BOBOM
NE ME DIS PAS...
... QUE JE T'AI FAIT CRAQUER EN TE TOUCHANT À PEINE !
TCHAF
HM ! MÊME SI TU ME TOUCHES...
... ÇA NE ME FAIT ABSOLUMENT AUCUN EFFET !!
GRAB
OUAAAH !
HEIN ?!
TU... TU AS...
... POUSSÉ UN GRAND CRI ! AVOUE QUE TU AS ÉTÉ SURPRISE !
HEIN ?! EUH...
C'EST PARCE QUE TU AS ATTRAPÉ MON POIGNET SANS PRÉVE-NIR !!
...
EUH...
C'EST QUOI, CETTE RÉACTION ?

HEIN ?! EST-CE QUE...
... JE LUI FAIS DE L'EFFET ?
IL S'AGIT DE MIKU, TOUT DE MÊME !
TIC
AH !
TU AS LÂCHÉ MON POIGNET !
JE CROIS QUE L'EXCITATION QUE TU AS ÉPROUVÉE AU CONTACT DE MA PEAU A EU RAISON DE TOI !
...
...
HM !
J'VOIS PAS DU TOUT COMMENT TU POURRAIS M'EXCITER !
TU MANQUES TOUJOURS AUTANT DE CHARME !
C'EST À SE DEMANDER SI TU RENTRES VRAIMENT AU LYCÉE AUJOURD'HUI !
VLAM
GOUH !!
GRR GRR
GRR
KKh...

OUi, C'EST VRAi. JE CROIS QUE TU AS RAiSON.
JE NE RESSEMBLE PAS ENCORE VRAiMENT À UNE LYCÉENNE.
ZWIF
ZWIF
ZWIF
ZWIF
?!
QUE... QU'EST-CE QUE TU FAiS ?

ととのえ
SHWOF
ととのえ
SHWOF
ALORS ?!
TU ME TROUVES PLUS JOLIE, MAINTENANT ?
VLAAAM
GOUH... GOUAAAAAH !!
ELLE A PAS LE DROIT DE FAIRE ÇA !!
COMMENT UN JEUNE HOMME SENSIBLE ET PLEIN DE VIGUEUR POURRAIT-IL SUPPORTER UN TEL ASSAUT ?!

COMME ÇA, TU NE POURRAS PAS FAIRE SEMBLANT DE M'iGNORER...
... QUAND TU ME VERRAS, HEIN ?
!
TU VAS ÊTRE MÉCHANT AVEC MOI ENCORE LONGTEMPS ?
TU COMPTES VRAIMENT ALLER AU BAHUT COMME ÇA ?
BAH OUI, POURQUOI ?
NON, ARRÊTE ÇA TOUT DE SUITE !
POURQUOI ? TU NE SAIS PLUS OÙ TE METTRE ?
にやにや
NYARK NYARK

...
ÇA N'A RIEN À VOIR !
!
TU NE TE DEMANDES PAS COMMENT LES AUTRES MECS VONT TE REGARDER ?
RÉFLÉCHIS 2 MINUTES !
...
EUH...

EN FAIT...
... C'EST CE QUE TU PENSES, PARCE QUE TU ME REGARDES AVEC DES YEUX D'OBSÉDÉ !
SWUF SWUF
SHAF SHAF
...
...
AH ! J'AI COMPRIS !
ÇA VEUT DIRE QUE J'AI GAGNÉ, PAS VRAI ?
TU M'AS DIT ÇA PARCE QUE TU ES TOMBÉ AMOUREUX DE MOI, HEIN ?
T'ES BÊTE, OU QUOI ?
JE NE PARLAIS PAS DE MOI, MAIS DES CRÉTINS QUE TU ALLAIS CROISER AU LYCÉE !
SI TU VEUX MON AVIS, JE TROUVE QU'UNE PAIRE D'ÉCHASSES EST BIEN PLUS SEXY QUE CE QUI TE SERT DE GUIBOLLES !
HEIN ?! POURTANT, C'ÉTAIT PAS DEVANT DES ÉCHASSES QUE TU AS ROUGI, IL Y A UN INSTANT !!
T'AS DÛ HALLUCINER ! C'EST PLUTÔT TOI QUI RESSEMBLAIS À UNE TOMATE, TOUT À L'HEURE !!
GRR
GRR
GRR
GRR

HÉ, TOUS LES DEUX !
La petite sœur de Yukiya
Si VOUS NE VOUS DÉPÊCHEZ PAS, VOUS ALLEZ ÊTRE EN RETARD !
OH NON !
ALLONS-Y, MiKU !
DASH
HÉ ! ATTENDS-MOi !!
HAA
MÊME S'iLS ONT L'ÂGE D'ALLER AU LYCÉE...
... iLS N'ONT PAS CHANGÉ D'UN iOTA.

SAKURANOSAKA
ON RISQUE D'ARRIVER EN RETARD À LA CÉRÉMONIE DE RENTRÉE DES CLASSES, PARCE QUE T'AS PAS VOULU LÂCHER LE MORCEAU !!
Hein ?!
C'EST TOI QUI T'ES ÉNERVÉ COMME UN CRÉTIN !
QUOI ?! J'ÉTAIS BEAUCOUP PLUS CALME QUE TOI !!

ET PUIS, QU'EST-CE QUI T'A PRIS...
... DE ME COINCER ENTRE LE MUR ET TOI ?
EN PLUS, TU AS MIS DU GEL ET TU T'ES FAIT BEAU...
... MAIS CE NOUVEAU STYLE NE TE VA PAS !
GOUH
TU T'ES ÉNERVÉ PARCE QUE TU AS SENTI QUE TU ALLAIS PERDRE, PAS VRAI ?
...

?!
FSHHHHHH

TAP
NON !
HEIN ?!
GRR GRR GRR
むむむ…
JE VOULAIS JUSTE TE CONTRARIER, PARCE QUE ÇA FAISAIT LONGTEMPS QUE JE NE T'AVAIS PAS VUE DANS CET ÉTAT.
TU ESSAIES TROP DE FAIRE LE BEAU DEPUIS TOUT À L'HEURE !
PARLE POUR TOI ! C'EST PAS MOI QUI AI VOULU MONTRER MES JAMBES À TOUT LE...
HAA ! NE PARLE PLUS JAMAIS DE ÇA !!
VOICI DONC...
... L'HISTOIRE DE DEUX JEUNES GENS BUTÉS, DONT LES FAITS ET GESTES DÉPENDENT DE LEUR JEU DE LA DÉCLARÉACTION.

TO END THIS
LOVE GAME ×××

## JEU N° 2 DES AMIS D'ENFANCE QUI ONT DU MAL À RESTER PROCHES

SE DE 1re ANN
1. ASAGI YUKIYA
13. KOGA ITSUKI
14. SAKURA MIKU
MER...
MERCI, MES DIEUX !!
TIENS, TIENS...
ON EST DANS LA MÊME CLASSE...
HEIN ?! JE SUIS SÛRE QUE TU ES HEUREUX !
ET TOI, ALORS ?
T'AVAIS L'AIR ANGOISSÉE DEVANT CE PANNEAU D'AFFICHAGE.
LA CHANCE ME SOURIT !
COMME ON EST DANS LA MÊME CLASSE...
J'ÉTAIS JUSTE INQUIÈTE PARCE QUE J'IMAGINAIS TA TRISTESSE SI ON N'AVAIT PAS ÉTÉ DANS LA MÊME CLASSE.
... J'AI UN AN...
... POUR METTRE UN TERME À CE PETIT JEU, QUI A BEAUCOUP TROP DURÉ !!

EUH… EH BIEN…
POURQUOI JE CROISE SOUVENT TON REGARD PENDANT LES COURS ?
C'EST PARCE QUE TU ME MATES ?
TU AS OUBLIÉ TON LIVRE ? T'ES IRRÉCUPÉRABLE !
NE… ME COLLE PAS !
HM ? T'ES ROUGE COMME UNE TOMATE !
HU HU HU HU
HU HU HU…
HI HI HI HI HI HI HI
* LYCÉE DE SHINJU.
新樹高等学校
JE VAIS BIEN M'AMUSER !!
VOICI LE DÉBUT DU QUOTIDIEN DE DEUX LYCÉENS QUI REFUSENT DE PERDRE…

Cérém
de rent
des class
du lycé
de Shinju
JEU N° 2
DES AMIS D'ENFANCE QUI ONT DU MAL À RESTER PROCHES

BROUHAHA
ザワ
BROUHAHA
ザワ
C'est ce qu'il y a de meilleur !
Ah bon ?
OUAAAIS !
Sérieux ? Tu connais le capitaine de l'équipe de foot de Nishishinja ?
Je consacre ma vie au basket-ball !
Ah bon ? J'en savais rien !
C'EST LE JOUR DE LA RENTRÉE...
DOOOOOM
... ET JE SUIS TOUT SEUL !

LE MOMENT OÙ ILS SONT ENTRÉS DANS LA CLASSE...
AH !!
TU ES MIKU, C'EST ÇA ?
Moi, c'est Akane !
AH !!
On est dans la même classe !
?!
Hé ! Psst !
COMMENT TU T'Y PRENDS POUR TE FAIRE DES COPINES À LA VITESSE DE LA LUMIÈRE ?
HEIN ? EUH...
ON A COMMUNIQUÉ...
... SUR INSTANTGRAM AVANT LA RENTRÉE.
On s'est trouvées en taguant le lycée.
ÇA NE M'A JAMAIS TRAVERSÉ L'ESPRIT !!
DANS QUELLE ÉPOQUE VIT-ON ?
CE N'EST PLUS À LA RENTRÉE QU'ON SE FAIT DES POTES, MAINTENANT ?
DIRE QUE JE COMPTAIS SUR CE JOUR PRÉCIS POUR CHANGER...
... AFIN DE ME RAPPROCHER DE MIKU !
Ha ha ha ha !! Ah ! Mais carrément !
!

J'AI L'IMPRESSION...
... D'ÊTRE ENCORE AU COLLÈGE.
JE SUIS INCAPABLE DE ME FAIRE DES POTES !
AH LÀ LÀ...
SALUT, LE SOLITAIRE ASOCIAL !

C'EST PARCE QUE TU REFUSES DE TE SERVIR D'INSTANTGRAM POUR DES RAISONS OBSCURES...
... QUE TU TE RETROUVES ENCORE TOUT SEUL, TU SAIS ?
ME SAOULE PAS AVEC CETTE APPLI SUPERFICIELLE !
J'AI ENVIE DE GERBER RIEN QU'EN M'IMAGINANT EN TRAIN DE L'UTILISER !
T'ES VRAIMENT BIZARRE !
ET PUIS, JE NE SUIS PAS UN SOLITAIRE ASOCIAL !
JE SUIS INTROVERTI, C'EST TOUT !
JE N'AI JAMAIS VU QUELQU'UN SORTIR UNE EXCUSE AUSSI DÉBILE EN SE DONNANT L'AIR COOL.
BON ! QU'EST-CE QUE TU ME VEUX ?
HM... TU SAIS, MAINTENANT QU'ON EST LYCÉENS...
... JE SERAIS BIEN EMBÊTÉE SI MES AMIS ENTENDAIENT DES RUMEURS SUR NOUS DEUX.

ALORS, ARRÊTE...
... DE M'APPELER PAR MON PRÉNOM QUAND ON EST AU LYCÉE...
... D'ACCORD, ASAGI ?
URH...
VLAM
HEIN ?! QU'EST-CE QUI LUI PREND DE ME DIRE ÇA TOUT À COUP ?
C'EST VRAI QU'IL Y A DÉJÀ EU DES RUMEURS SUR NOUS...
... MAIS JE N'ARRIVE PAS À CROIRE QU'ELLE PRENNE ÇA AVEC SÉRIEUX !
ÇA VA NOUS ÉLOIGNER DAVANTAGE...
MOUAIS, JE NE FAIS PAS TROP ATTENTION AUX RUMEURS. D'AILLEURS, SI C'ÉTAIT LE CAS, J'AURAIS L'AIR RIDICULE.
HU HU !
JE DISAIS ÇA POUR RIRE !

IL N'Y A QUE MOI...
... QUI T'APPELLE "YUKIYA".
ÇA ME DONNE...
... L'IMPRESSION D'ÊTRE QUELQU'UN DE SPÉCIAL POUR TOI.
...
NIYARK
むふっ
!!

BAH QUOi ? QU'EST-CE QUE TU AS ?
TON CŒUR BAT LA CHAMADE PARCE QUE JE T'Ai DiT QUE J'AVAiS L'iMPRESSiON D'ÊTRE SPÉCiALE À TES YEUX ?
...
ELLE NE PERD PAS DE TEMPS POUR PASSER À L'OFFENSiVE !
T'ES VRAiMENT NAÏVE !
Si TU VEUX FAiRE BATTRE MON CŒUR...
... REGARDE-MOi DANS LES YEUX...
... ET DiS MON PRÉNOM, MAiS iL FAUT QUE ÇA ViENNE DU CŒUR.
HEiN ?
EUH...
...

EUH...
YU...
YUKI...
... YA...
HU HU HU !
BAH ALORS ? IL TE SUFFIT DE DIRE MON PRÉNOM POUR QUE JE TE FASSE DE L'EFFET ?
GRR GRR GRR GRR
JE CROIS QUE J'AI GAGNÉ, NON ?
...
TU N'Y ES PAS DU TOUT !!
SI ON S'APPELLE PAR NOS PRÉNOMS, LES AUTRES POURRAIENT S'IMAGINER DES CHOSES !
!
ENFIN...
... EN CE QUI TE CONCERNE, ILS VERRAIENT SÛREMENT JUSTE...

... PAS VRAI ?
HEIN ?
QUOI ?!
JE NE VOIS PAS POURQUOI LES AUTRES SE MÉPRENDRAIENT SUR NOTRE RELATION, PUISQU'ON SE CONNAÎT DEPUIS LONGTEMPS.
OH !
JE T'AI ENCORE SENTI VACILLER !!
COMMENT TU VOIS NOTRE RELATION ?
ON... ON EST JUSTE DES AMIS D'ENFANCE !
Arrête !
DZUM DZUM
DZUM
DZUM
HM ?

HU HU !
QU'EST-CE QUE TU FAIS, MIKU ?
AH ! DÉSOLÉE, LES FILLES !
QUELLE PESTE !
ELLE EST VENUE ME CHARRIER, ALORS QU'ELLE ÉTAIT EN PLEINE DISCUSSION AVEC SES COPINES !
VOUS VOUS CONNAISSEZ ?
!
OUI, C'EST UN AMI D'ENFANCE.
IL S'APPELLE ASAGI.
OH ! ALORS, ÇA EXISTE VRAIMENT, LES AMIS D'ENFANCE !
...

SALUT ! JE M'APPELLE AKANE SUÔ !
SWIF
ET MOI, C'EST YANAGI !
TIC
?!
AH !
SWIT
HEIN ?
EUH...
AURA LUMINEUSE
HU HU HU ! IL EST CONFUS !
VOUS SAVEZ... IL EST SI ASOCIAL QU'IL A DU MAL À PARLER AVEC DES FILLES.
HÉ !
SÉRIEUX ?

* SHINSENGUMI : GROUPE DE SAMOURAÏS RESPONSABLE DE LA SÉCURITÉ DE KYOTO À LA FIN DE LA PÉRIODE D'EDO.

ALORS, COMME ÇA, TU ES ASOCIAL ? C'EST MARRANT ! TU AIMES LES ANIMES ?
EUH... EH BIEN... J'AIME BIEN COSMO CONNECT.
AH BON ? MOI, JE VIENS DE REGARDER...
... UNE NOUVELLE SÉRIE AVEC DES RACAILLES.
...
AH ! JE VOIS DE QUOI TU PARLES ! JE NE L'AI PAS ENCORE VUE.
HEIN ? COMMENT ÇA SE FAIT ? TOUT LE MONDE EN PARLE EN CE MOMENT !
OUI...
OH ! C'EST RARE...
... DE VOIR YUKIYA PARLER AVEC UNE AUTRE FILLE QUE MOI.
IL A TOUJOURS EU DU MAL À COMMUNIQUER AVEC LES GENS EXTRAVERTIS.
C'EST POUR ÇA QU'IL ÉTAIT TOUT SEUL AU COLLÈGE.
J'IMAGINE QUE C'EST UNE BONNE CHOSE... S'IL PARVIENT À S'ENTENDRE AVEC AKANE ET LES AUTRES.
C'EST QUOI, TON PRÉNOM, ASAGI ?
YU... YUKIYA.
ALORS, JE PEUX T'APPELER "YUKIYA" ?

HEIN ?
TU PEUX M'APPELER "AKANE", SI TU VEUX.
JE NE SAIS PAS SI JE POURRAI...
JE PRÉFÈRE QU'ON S'APPELLE PAR NOS NOMS DE FAMILLE.
BAH QUOI ? T'ES SI TIMIDE QUE ÇA ?
SINON, TU PEUX FAIRE COMME TOUT LE MONDE EN L'APPELANT "KANEGON"...
... COMME LE PERSONNAGE DANS ULTRAMAN.
J'AIMERAIS QUE TU ARRÊTES AVEC CE SURNOM ! JE NE TROUVE PAS ÇA JOLI DU TOUT !
JE VEUX QU'ON M'APPELLE PAR MON VRAI NOM DE TEMPS À AUTRE !
POURQUOI ÇA TE DÉRANGE TOUT À COUP ?

HA HA ! "KANEGON"...
C'EST PLUTÔT BIEN TROUVÉ !
ALORS, ÇA LUI ARRIVE AUSSI DE RIRE AVEC LES AUTRES.
C'EST LA PREMIÈRE FOIS QUE JE LE VOIS COMME ÇA.
GNUP
きゅっ
...

AH ! MES FAUX CILS SE SONT DÉCROCHÉS.
JE REVIENS TOUT DE SUITE !
HAA...
!
GROOOOO
WOOOOH!!
POUR...
POURQUOI TU TIRES CETTE TRONCHE ?
HEIN ?!
QUOI ?!
QUE... QU'EST-CE QUE TU RACONTES ?
JE FAIS LE MÊME JOLI MINOIS QUE D'HABITUDE !!
HEIN ?

OH NON ! C'EST PAS VRAI !! J'AI FAIT UNE TÊTE BIZARRE ?!
C'EST ÉTRANGE ! JE NE VOIS PAS POURQUOI...
...
AH, MAIS SI !
JE...
...
IL N'Y A QUE MOI QUI T'APPELLE "YUKIYA".
ÇA ME DONNE L'IMPRESSION D'ÊTRE QUELQU'UN DE SPÉCIAL POUR TOI.
TON CŒUR BAT LA CHAMADE, PARCE QUE JE T'AI DIT QUE J'AVAIS L'IMPRESSION D'ÊTRE SPÉCIALE À TES YEUX ?
!

AH ! EUH...
PEUT-ÊTRE QUE...
...
LA VOILÀ, MA CHANCE !!
AH
T'ÉTAIS JALOUSE, HEIN ?
BIEN !
Mi...
!!
SWIF
KYAAAAH !!
SHWAF

PFOUH !
HA HA HA HA HA !
D'OÙ... D'OÙ TU LA SORS, CETTE VOIX ?
HA HA HA HA HA HA HA HA HA !
!
HAA !
ÇA FAISAIT LONGTEMPS QUE JE N'AVAIS PAS AUTANT RI !
NE... NE ME TOUCHE PAS SANS PRÉVENIR QUAND JE SUIS PERDUE DANS MES PENSÉES !
OH ! TU ÉTAIS PERDUE DANS TES PENSÉES ?
HEIN ? EUH...
OUI, PARCE QUE TU AVAIS L'AIR BÊTE EN PARLANT AVEC MES COPINES !
T'ES MAL PLACÉE POUR ME DIRE ÇA !
T'aurais dû voir ta tronche !

...
EH BIEN...
DISONS QUE...
... J'AI MOINS D'EFFORTS À FAIRE QUAND JE PARLE AVEC TOI.
HEIN ?
MAINTENANT, JE ME SENS MOINS TENDU.
CES FILLES PÈTENT LA FORME !
ELLES M'ONT APPROCHÉ SI SOUDAINEMENT QU'ELLES M'ONT FOUTU LES JETONS !
VEUILLEZ VOUS RASSEMBLER DANS LE COULOIR ! LA CÉRÉMONIE VA BIENTÔT COMMENCER !
Pro-fes-seur
Ah !
ON Y VA ?
...
JE DOIS PEUT-ÊTRE...
... PRENDRE CE QU'IL M'A DIT POUR UN COMPLIMENT ?

YUKIYA...
ピタッ STOP
...
...
HM ?
QU'EST-CE QUI TE PREND DE SOURIRE COMME ÇA ?
HEIN ? BAH, JE ME RÉJOUIS DE LA CÉRÉMONIE DE RENTRÉE DES CLASSES !
HM ?

TO END THIS
LOVE GAME ×××

# JEU N° 3 DES AMIS D'ENFANCE QUI CUISINENT

TU MANGES ENCORE TOUT SEUL ICI ?
POURQUOI TU N'AS PAS DEMANDÉ À QUELQU'UN DE LA CLASSE DE DÉJEUNER AVEC TOI ?
PARCE QUE J'AI ENVIE D'ÊTRE TOUT SEUL DE TEMPS EN TEMPS.
ENCORE CETTE EXCUSE BIDON ?
C'EST PARCE QUE JE N'AI RIEN FAIT COMME IL FALLAIT LE JOUR DE LA RENTRÉE.
CE N'EST PAS FACILE DE S'INCRUSTER DANS DES GROUPES QUI SE SONT DÉJÀ FORMÉS.
ET MÊME LES GENS QUI ME RESSEMBLENT M'IGNORENT COMPLÈTEMENT.
FLIP
FLIP
EUH...
SHWAF
SI TU TE SENS SEUL, JE VEUX BIEN TE FAIRE ENTRER DANS MON GROUPE, TU SAIS ?
!
...

PSST...
...
POURTANT, TU AVAIS L'AIR BIEN JALOUSE QUAND J'AI DISCUTÉ AVEC D'AUTRES FILLES, LA DERNIÈRE FOIS.
!!
Bi... BIEN SÛR QUE NON !!
NE DIS PAS N'IMPORTE QUOI, VOYONS !
pff !
TOC !
QU'EST-CE QUE TU FAIS ?
Hop là
よいしょ
BAH QUOI ?
JE VEUX DÉJEUNER AVEC TOI, C'EST TOUT.
TES COPINES T'ONT LAISSÉ TOMBER, C'EST ÇA ?
NON, JE LEUR AI DIT QUE J'ALLAIS MANGER AU RÉFECTOIRE.
?!
Bon app !
ELLE LEUR A DONNÉ QUELLE RAISON ?
1... 2...
MAIS ELLE EST VRAIMENT VENUE ICI POUR MANGER AVEC MOI ?

OH, MAIS C'EST SAKURA !
ON TE VOIT PAS SOUVENT À LA CANTINE !
!!
AH !
EUH... EN EFFET...
Ah ! MOI, C'EST IISHIBA !
J'SUIS ASSIS DERRIÈRE ASANEGI DANS LA CLASSE !
ÇA VA...
... NEGI-CHOU ?
GRAB
HEIN ?
ET PUIS, JE M'APPELLE "ASAGI", PAS "ASANEGI" !
C'EST... LA PREMIÈRE FOIS QU'IL M'ADRESSE LA PAROLE !
SON ERREUR VA ME FAIRE PASSER POUR UN NAZE AUX YEUX DE TOUT LE MONDE.
OUI, JE SAIS.
ET VOUS, VOUS ÊTES YOKOMATSU, MAEDA ET MIZUSHIMA, C'EST ÇA ?
QUOI ? T'AS RETENU NOS NOMS ?

ALORS, COMME ÇA, VOUS ÊTES DES AMIS D'ENFANCE, TOUS LES DEUX ?
T'ES UN SACRÉ VEINARD, NEGICHOU !
COMME MIKU TRAÎNE TOUJOURS AVEC SON GROUPE DE FILLES...
... IL A DÛ SE DIRE QU'IL POUVAIT L'ABORDER QUAND IL L'A VUE AVEC MOI.
TU VIENS DE NISHI-SHINJÛ, C'EST ÇA ?
T'ES DANS QUEL CLUB ?
HAND-BALL !
SÉRIEUX ? C'EST TROP COOL !
チラ
ZYEUTE
Désolée d'avoir perturbé ta tranquillité.
!
...
C'est pas grave.

!
KSHHH ジュウ
!!
HEIN ? C'EST PAS SOUVENT QU'ON VOIT YUKIYA FAIRE LA CUISINE AVEC AUTANT DE SÉRIEUX !
IL ME FAIT PEUR !
Ça craint !
IL VEUT CUISINER SON BENTO POUR DEMAIN.
Je lui ai pourtant dit que je voulais bien payer la cantine !
COMME IL N'A PAS D'AMIS, IL VEUT PEUT-ÊTRE PASSER SA PAUSE DÉJEUNER EN DÉGUSTANT UN BON BENTO ?
JE VEUX JUSTE ÉCONOMISER LES FRAIS DE CANTINE !
PUISQUE MIKU APPORTE TOUJOURS SON BENTO...
... SI JE M'EN FAIS UN...
... JE POURRAI ENCORE MANGER AVEC ELLE.

Plus tard...
ジュー
KSHHH
ぬどーん
TADAM
...
HOP !
HAAM !
BERK !
TES PLATS SENTENT TOUJOURS LE BRÛLÉ !
Ne te sers pas dans mon bento !
J'VOIS PAS EN QUOI ÇA POSE UN PROBLÈME, PUISQUE C'EST MOI QUI LE MANGE !
CLAP
カポッ
DING DONG
キーンコーン
カーン...
新樹高等

Tu manges quoi, aujourd'hui ?
J'ai trop faim !
Il restait des sakura mochis dans mon frigo !
MAIS...
... JE NE SAIS PAS COMMENT LUI PROPOSER DE MANGER AVEC MOI !
SI JE ME COMPORTE COMME D'HABITUDE...
JE VEUX MANGER AVEC TOI.
SWIF
HEIN ?
T'ES CONFUSE ?
... JE POURRAI TRÈS BIEN LE LUI DEMANDER DIRECTEMENT.
MAIS, LÀ, JE NE PEUX PAS L'ABORDER À CAUSE DE TOUTES LES NANAS QUI SONT AUTOUR D'ELLE.
VRRB VRRB VRRB...
!
Aujourd'hui
On déjeune ensemble ?
...

...
FLIP
ばっ
FLIP
パ
PLAAASH
プ
ハ
ハ
ハ
ハ
...

ICI, ON VA POUVOIR MANGER TRANQUILLEMENT.
...
JE T'AI...
... APPORTÉ UN BENTO.
QUOI ?!
C'EST PARCE QUE JE ME SUIS DIT QUE LA NOURRITURE DE LA CANTINE MANQUAIT D'APPORTS NUTRITIFS.
TIENS !

KACLAC
T'ES... SÉRIEUSE ?
OU... OUAAAH ! J'Y CROIS PAS !! ÇA A L'AIR VACHEMENT BON !!
ELLE A FAIT ÇA POUR MOI ?
MAIS, SURTOUT, JE NE CROYAIS PAS QU'ELLE CUISINAIT AUSSI BIEN !!
AH
HU HU HU !
!!

NE TE RETIENS SURTOUT PAS...
... DEVANT LE BENTO QUE J'AI PRÉPARÉ.
CE N'EST PAS GRAVE SI TU N'ARRIVES PAS À RETENIR TES ÉMOTIONS, TU SAIS ?
KKH... ALORS, C'ÉTAIT JUSTE UN STRATAGÈME POUR LE JEU DE LA DÉCLARÉACTION ?!
ELLE EST VRAIMENT PASSÉE AUX CHOSES SÉRIEUSES !
ALLEZ ! DÉPÊCHE-TOI D'Y GOÛTER !
J'AI SUIVI UNE RECETTE QUE MA GRAND-MÈRE M'A APPRISE !
...
EUH... BON APPÉTIT !
MO
LES MORCEAUX SONT PETITS.
ILS SONT SÛREMENT À LA TAILLE DE SA BOUCHE.
MO

HAAM
む…
T'AS L'AIR ÉMU !
C'EST MON BENTO QUI TE FAIT CET EFFET ?
KKH...
...
HM
EN EFFET...
CE BENTO A UN GOÛT DÉLICAT.
JE RESSENS TOUT L'AMOUR QUE TU Y AS MIS EN LE PRÉPARANT.

!
REGARDE CE SAUMON !
TU L'AS DÉCOUPÉ EN PETITS MORCEAUX POUR QU'IL SOIT PLUS FACILE À MANGER.
AH GOUH HOU
あ…
あう…
あう…
ÇA MONTRE QUE TU AS PRÉPARÉ CE BENTO AVEC MINUTIE...
... EN PENSANT À CELUI QUI LE MANGERAIT.
QUANT À CES ŒUFS DE CAILLE...
... ILS SONT AUSSI BRILLANTS QUE TES YEUX.
!!
ÇA SUFFIT ! J'AI L'IMPRESSION QUE TU ES EN TRAIN DE ME DRAGUER !!
TSS
ち…

AU FAIT !
TU AS APPORTÉ UN BENTO ?
!!
Ah !
C'EST PLUTÔT RARE, NON ?
JE ME DEMANDE POURQUOI...
J'EN AI JUSTE EU ENVIE.
HM ?
ET SI...
... ON FAISAIT UN ÉCHANGE ?
QUOI ? TU VEUX MANGER MON BENTO ? MAIS POURQUOI ?
TU AS DÉJÀ LE TIEN, PAS VRAI ?
ギクッ...
GLOUP
TCHAC
ガッ
JE TROUVE ÇA PLUS SYMPA.
ET PUIS, ÇA ME PERMETTRA DE GARDER LE MIEN POUR CE SOIR !
AH !

うう…
GOUH
JE N'ARRIVE PAS À CROIRE...
... QU'ELLE VA MANGER CE BENTO PAS TERRIBLE QUE J'AI FAIT À LA VA-VITE !
HI HI HI ! BON APPÉTIT !
スッ
SWIF
QUOI ?! POURQUOI COMMENCE-T-ELLE PAR LE MORCEAU QUI SEMBLE LE PLUS MAUVAIS ?
あむっ
HAAM
C'EST BON...
CE GOÛT ME RAPPELLE DES SOUVENIRS.
?
DES SOUVENIRS ? QU'EST-CE QU'ELLE VEUT DIRE ?

!
AH OUI !
MOI AUSSI, JE M'EN SOUVIENS !
C'EST BON !!

ELLE S'EST SOUVENUE...
... DE CETTE HORRIBLE OMELETTE PENDANT TOUT CE TEMPS ?
PFOUH ! COMME TU ES ASOCIAL...
... CE DÉJEUNER EN TÊTE À TÊTE AVEC UNE FILLE DOIT TE RENDRE NERVEUX !
...
HEIN ?
QUOI ? PAS DU TOUT !
ÇA NE VAUT MÊME PAS L'EXCITATION QUE JE RESSENTAIS À LA VEILLE D'UNE EXCURSION QUAND J'ÉTAIS À L'ÉCOLE PRIMAIRE.
AH BON ?

ALORS...
... ÇA NE TE POSE PAS DE PROBLÈME SI ON PASSE D'AUTRES PAUSES DÉJEUNER ENSEMBLE, HEIN ?
EUH...
BI... BIEN SÛR !
PUISQUE JE NE RESSENS RIEN DU TOUT !
ENFIN BON, À CONDITION QUE ÇA N'EMPIÈTE PAS TROP SUR MON TEMPS LIBRE.
JE VOIS... DE TOUTE FAÇON, MOI AUSSI, JE DOIS PASSER DU TEMPS AVEC MES COPINES.
ALORS, DE TEMPS EN TEMPS, D'ACCORD ?
OUAIS, DE TEMPS EN TEMPS.
SUPER !!
JE DOIS M'ENTRAÎNER...
... À CUISINER !

# JEU N° 4 DES AMIS D'ENFANCE CONNECTÉS

* ENVIRON 20 EUROS.

UN APRÈS-MIDI DANS UN SALON DE THÉ AVEC SAKURA...
CE QUE JE SUIS EN TRAIN D'IMAGINER POURRAIT FAIRE UN SUPERBE TABLEAU !
ELLE SAIT MÊME RESTER ÉLÉGANTE PENDANT SES JOURS DE CONGÉ !
...
...
SAMEDI...
OUAAAAH !!

DODODOOOM
LOSE
LE MASQUE DE COLLISION DE CET ENNEMI EST TROP CHELOU !!
KYAAAH
...
KYAAAH KYAAAH
MERDE ! C'EST TROP RELOU !! JE SUIS POURTANT SÛRE D'AVOIR TOUCHÉ CE GROS NAZE !!
SURVEILLE TON LANGAGE, MIKU !!
JE SAIS, MAIS ON A PERDU L'AVANCE QUE TU AVAIS OBTENUE EN FUMANT UN DE SES COMPAGNONS !
JE SUIS SÛR QUE LES MECS DE LA CLASSE N'IMAGINENT PAS MIKU PARLER COMME ÇA QUAND ELLE JOUE AUX JEUX VIDÉO.
ELLE DOIT ÊTRE ROUGE COMME UNE TOMATE EN CE MOMENT.
CLIC ! CLIC ! CLIC ! CLIC ! CLIC ! CLIC ! CLIC ! CLIC ! CLIC !
Raaah ! C'est pas vrai !!
YUKIYA !! DÉPÊCHE-TOI DE LANCER LA PARTIE !!
Miku dans la tête de Yukiya.

LE JEU AUQUEL NOUS SOMMES EN TRAIN DE JOUER...
... EST L'UN DES RARES LOISIRS QUE NOUS PARTAGEONS DEPUIS L'ÉCOLE PRIMAIRE.
MAIS, DÈS QUE NOUS SOMMES DEVENUS COLLÉGIENS, JE NE SUIS PLUS ALLÉ CHEZ ELLE.
... ET NOUS PASSONS MOINS DE TEMPS ENSEMBLE.
Miku @mikuba-chan
J'ai acheté ce flacon de par
avec mes économies. Il est trop
joli !!
...
J'IMAGINE QUE C'EST POUR ÇA...
... QU'ELLE CONNAÎT UN MONDE QUE J'IGNORE.

T'ES SÛRE QUE T'AS BIEN FAIT...
... DE NE PAS ALLER AU SALON DE THÉ AVEC TES COPINES ?
JE VEUX PROFITER DU WEEK-END POUR AMÉLIORER MON PERSO.
ET PUIS, JE LEUR AI PROMIS QU'ON IRAIT MANGER DES GÂTEAUX LA SEMAINE PROCHAINE.
ET PUIS...
... J'AIME BEAUCOUP JOUER AVEC MON YUKIYA CHÉRI !
ピクッ
TIC
ET TOI ?
OUAIS, OUAIS, MOI AUSSI, JE M'AMUSE BIEN AVEC TOI.
Moi ?
ELLE VA PAS ME PIÉGER AUSSI FACILEMENT !
PFF ! VA FALLOIR QU'ELLE CHANGE DE TACTIQUE !
Ça fait des années qu'elle me dit la même chose.
Ah !!
ÇA COMMENCE, YUKIYA !!
START

HM...
HMM...
!!
AH !
WAAAH ! ÇA CRAINT !
OH !
OUAAAIS !!

J'ENTENDS SA VOIX...
... ET SA RESPIRATION...
... DANS LES ÉCOUTEURS DE MON CASQUE.
JE NE VEUX PAS...
... QUE CE GENRE DE MOMENT S'ARRÊTE.

Si seulement je pouvais l'inviter chez moi aussi facilement qu'avant...
T'as des trucs à laver, Yukiya ?
KACLAC
... On pourrait avoir des moments en tête à tête.
Mais si je lui propose de venir mainte-nant...
... Elle va croire que ça fait partie de notre jeu !
GOUH
GOUH
Maman a acheté des chocolats et des glaces.
Est-ce que je peux manger les chocolats ?
Ouais.
OH OUI !
CLAP
CLAP
SUPER !!
CLAP
CLAP
CLAP
WIN
PFOUH !
C'était vachement grisant !
Attends, je vais arroser ça !
HM...
Elle va chercher une boisson...
TCHIC
Elle parle comme un mec !

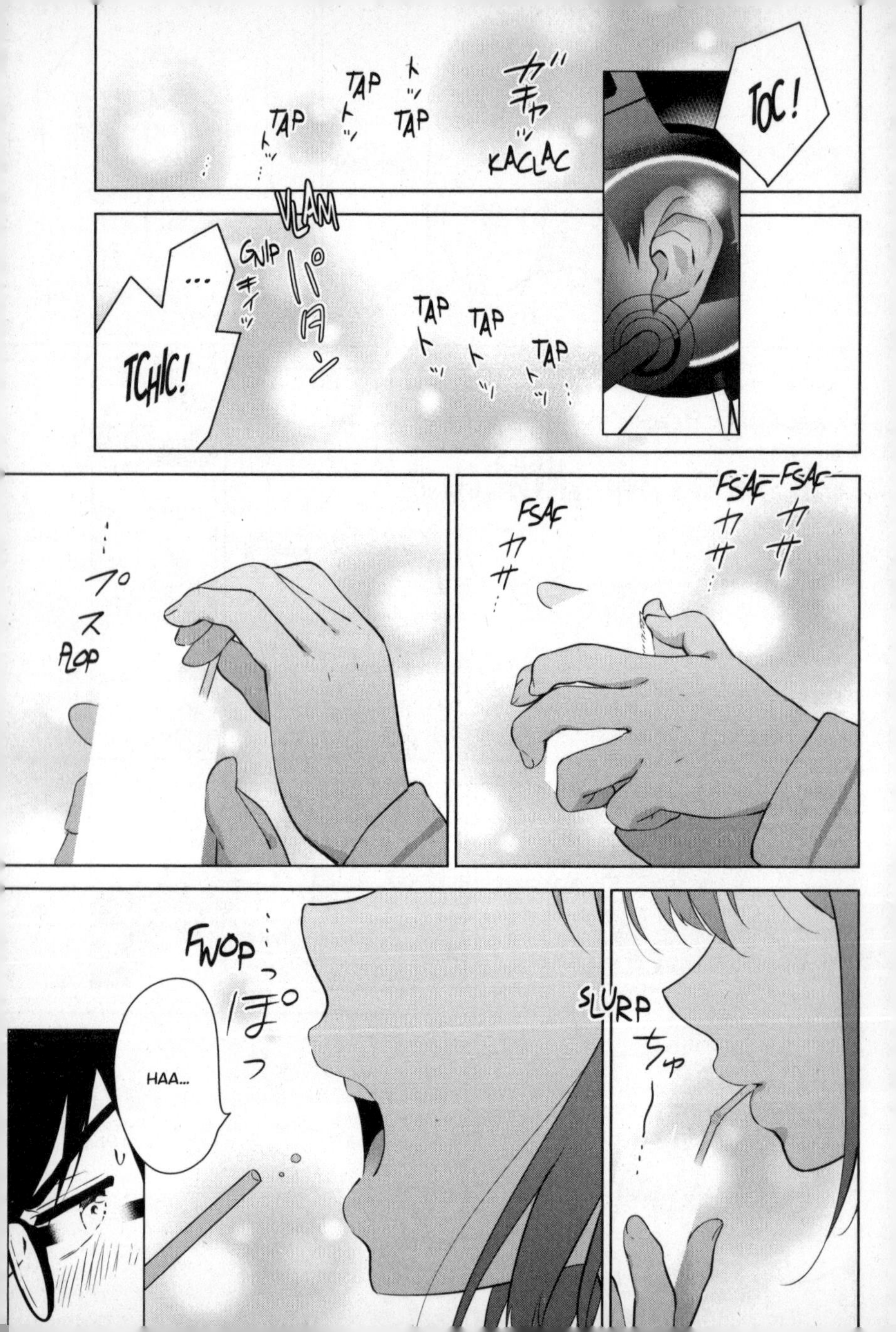
TOC!
KACLAC
TAP
TAP
TAP
TAP
TAP
TAP
VLAM
GNIP
...
TCHIC!
FSAF
FSAF
FSAF
PLOP
SLURP
FWOP
HAA...

MMH ! C'EST TROP BON !
QU'EST-CE QUE C'EST ?
DU SUPORON.
?
TIC TIC TIC
カタカタカタ
S.U.P.O.
Accueil | Saveur et santé | Nos produits | Infos utiles | Pub | Promotion
UNE BOISSON LACTÉE BONNE POUR VOTRE TRANSIT
SUPORON POUR ENFANTS
Dès l'âge de 1 an
SUPORON POUR ENFANTS
カチッ
CLIC
...
C'EST UNE BOISSON POUR GAMINS !
C'EST CE QUE T'ES EN TRAIN DE BOIRE ?
HEIN ?
EUH... OUI...
MAIS T'ES AU LYCÉE, MAINTENANT !
TU DEVRAIS DONC BOIRE DU CAFÉ OU DU THÉ, NON ?

EN FAIT…
C'EST…
… C'EST PARCE QUE MA MÈRE CONTINUE À M'EN ACHETER !!
C'EST TROP MIGNON !!
WHAAAM…
J'ME DEMANDE QUELLE TÊTE ELLE FAIT QUAND ELLE BOIT ÇA AVEC CETTE TOUTE PETITE PAILLE !
SDAM
WOOOOOH
J'EN PEUX PLUS !!
JE VEUX TROP LA VOIR FAIRE !!
HU
MAIS SI JE LUI DEMANDE UNE PHOTO…
TU VEUX ME VOIR AVEC LA PAILLE DANS LA BOUCHE ?
ESPÈCE D'OBSÉDÉ !
GOUH !
AH !
JE SAIS !

TU SAIS...
TU DEVRAIS ARRÊTER DE BOIRE ÇA DEVANT QUELQU'UN D'AUTRE.
Gouh...
JE... JE PASSE POUR UNE GAMINE, C'EST ÇA ?
NON, C'EST PARCE QUE JE VEUX...
... QUE TU GARDES TON INNOCENCE JUSTE POUR MOI !
OH ! JE TE SENS UN PEU TENDUE !
CRISH
CRISH
HEIN ? JE NE VOIS PAS POURQUOI TU DIS ÇA !
MENTEUSE !
ÇA ARRIVE D'AVALER DE TRAVERS QUAND ON PARLE EN BUVANT, NON ?
ALORS...
... ALLUME TA CAMÉRA POUR ME MONTRER TA TÊTE.

HEIN ?!
MA... CAMÉRA ?!
MAIS...
... JE SUIS SORTIE DE MON BAIN JUSTE AVANT QU'ON S'APPELLE.
COMMENT ?!
MAIS ON N'A RIEN À SE CACHER, PUISQU'ON EST DES AMIS D'ENFANCE, PAS VRAI ?
Blaa Blaa Blaa...
J'AI AUTANT ENVIE DE MATER TON CORPS ENTOURÉ D'UN DRAP DE BAIN QUE DE BOIRE UNE BRIQUE DE LAIT PÉRIMÉ ! DISONS QUE... JE VEUX JUSTE VOIR SI TU ES EMBARRASSÉE.
Blaa...
RIEN DE PLUS !
M... MAIS...
SI TU N'ALLUMES PAS TA CAMÉRA, ÇA SIGNIFIERA QUE TU ES GÊNÉE ET ÇA SCELLERA TA DÉFAITE.
HEIN ?
3... ALLEZ !
2...
1...
AH... ATTENDS !!
PFF !
CLIC
CLIC
ガ
ガ
ガ
ガ

TCHAF
HM...
C'EST BON, MAINTENANT ?

OUAAAH !!
SDODOM
HEIN ?! QU'EST-CE QUE TU AS ?
EUH... J'AI... J'AI VU UN CAFARD CHEZ MOI !
HEIN ? BERK !
C'est parce que ta chambre est sale !
ELLE... EST... VACHEMENT... MIGNONNE...
J'AI ÉTÉ SURPRIS, CAR CE QUE JE VOIS EST AU-DELÀ DE CE QUE J'AVAIS IMAGINÉ.
...
J'AI L'IMPRES-SION...
... QU'ELLE EST DEVENUE PLUS ADULTE.
Dès l'âge de 1 an
SUPORON POUR ENFANTS

!
ボサ…
SHWOF
...
!
T'AS ENCORE...
... CETTE PELUCHE ?
AH !
OU... OUI...
... PARCE QUE JE ME SENS BIEN QUAND JE LA SERRE CONTRE MOI.

TU AS APPORTÉ UNE PELLUCHE ?
OUI, PARCE QUE JE N'ARRIVE PAS À DORMIR SANS ELLE.
T'AS PAS CHANGÉ.
PSST
ポ
...
チラッ
ZYEUTE

OUiiiii !
J'Ai TROP DE LA CHANCE DE POUVOIR VOIR YUKiYA...
... PENDANT LE WEEK-END !!
SES CHEVEUX SONT ÉBOURIFFÉS ET iL PORTE DES LUNETTES...
... COMME AVANT.
iL EST TROP MiGNON !
MAIS J'Ai MANQUÉ DE PRUDENCE.
J'ESPÈRE QU'iL N'A RiEN VU DE BiZARRE.
SUPORON POUR ENFANTS
HÉ ! REGARDE-MOi EN FACE !
J'Ai L'iMPRESSiON QUE TU ES GÊNÉE.
HEIN ? N'iMPORTE QUOi !

ROLL
ROLL
C'EST PLUTÔT TOI QUI AS UN AIR BIZARRE, NON ?
AH ! JE SAIS POURQUOI !!
TU NE PEUX PAS RÉSISTER À MES CHEVEUX SOYEUX...
... C'EST ÇA ?
SHWAF
DÉSOLÉE...
... D'ÊTRE AUSSI SEXY !
TU RESSEMBLES À UNE NANA SORTIE TOUT DROIT D'UN JEU VIDÉO HORRIFIQUE !
QUOI ?

ENFIN BON...
Euh...
HM...
JE CROIS QU'ON A BESOIN D'ALLUMER NOS CAMÉRAS...
... POUR LE JEU DE LA DÉCLA-RÉACTION.
EUH... OUI, TU AS RAISON.
PLUS TARD...
DIS, WAKANA...
... QUEL ANGLE ME MET LE PLUS EN VALEUR ?
N'IMPORTE LEQUEL, POUR CE QUE ÇA CHANGE...
ICI !!
CET ANGLE ME REND PLUS JOLIE !!

JEU N° 5
L'INVITATION D'UN AMI D'ENFANCE
ET DONC...
... NATSU ET MOI AVONS ENVIE DE DÉJEUNER DANS UN BON RESTO.
TU N'AURAIS PAS UN ENDROIT COQUET À ME CONSEILLER ?
EUH...
VOUS POUVEZ MANGER DES UDON À FUJIYA...
... OU UNE OMELETTE AU RIZ CHEZ TON ONCLE.
AH ! EUH...
CERTES, CES PLATS SONT BONS !
MAIS J'AI DÉJÀ MANGÉ LÀ-BAS PLEIN DE FOIS.
J'en ai ma claque !
JE CHERCHE UN ENDROIT COQUET OÙ JE NE SUIS ENCORE JAMAIS ALLÉE.
HM...
SCRIT SCRIT
...
FLAP
SCRIT
SCRIT
...
SCRIT
...
AH !
DÉSOLÉE, MAIS JE DOIS TE LAISSER !
HEIN ?

HM ? BAH QUOI ?
T'AS L'AIR TOUT TRISTE !
DIS PAS N'IMPORTE QUOI !
HI HI HI HI HI
À PLUS ! JE TE SOUHAITE BONNE NUIT D'AVANCE !
AH !
...
...
GNIII
C'EST VRAI...
... QU'ELLE A PLEIN D'AMIS SUR LE NET ET IRL.
JE SUIS SÛR QU'ELLE A PRÉVU DE DISCUTER AVEC QUELQU'UN D'AUTRE.
20:28
Salon de Miku
Hashtag
Épingle
Alerte
Inviter quelqu'un
En ligne 4
Miku
Reiji
Yukiya
Hors ligne
Manpuku Food

JE NE SAVAIS PAS QU'IL Y EN AVAIT À L'ANANAS !
T'EN VEUX LA MOITIÉ ?
OH OUI !
MON CŒUR BAT LA CHAMADE…
FLAP !
… QUAND JE PARLE VEC LUI.
BOBOM
J'AIMERAIS…
… QUE CE MOMENT NE S'ARRÊTE JAMAIS.
DZUUUM
…
FLIP
FLIP
SI J'AVAIS ÉTÉ COMME CE TYPE…
… NOTRE CONVERSATION DE TOUT À L'HEURE AURAIT PU ÊTRE PLUS EXCITANTE.

RIEN NE ME GARANTIT QUE MIKU CONTINUERA...
... À ME FRÉQUENTER ENCORE LONGTEMPS.
JE NE SAIS MÊME PAS SI SES SENTIMENTS...
... FINIRONT PAR ÉVOLUER.
JE VOIS... TU ES EN TRAIN DE GRANDIR, PAS VRAI, YUKI ?
ET OÙ EST MA MIKU ADORÉE ?
ELLE EST RENTRÉE CHEZ ELLE, PARCE QU'ELLE AVAIT UN TRUC À FAIRE.
HINAKO HANABA
(20 ans) Étudiante en 3e année. Travaille à mi-temps dans le café Kanade.

OH NON !
C'EST TERRIBLE ! JE N'AI PLUS ENVIE DE TRAVAILLER !
MASARU SHINONOME
(40 ans) L'oncle de Miku. Le patron du café Kanade.
FWUP FWUP
ALLEZ, HINAKO ! ON FERME LE CAFÉ !
NON, JE TIENS À ÊTRE PAYÉE JUSQU'À LA FIN DE MA JOURNÉE !
DIS, HINAKO...
COMMENT UN HOMME POURRAIT-IL TE RENDRE HEUREUSE ?
HEIN ?
AVEC DE L'ARGENT !
JE VEUX AUSSI UN SAC DE LUXE...
... DES PRODUITS COSMÉTIQUES...
... ET UN COLLIER DE GRANDE MARQUE...
VLAM
T'ES SÉRIEUSE ?
... SANS OUBLIER UN GROS SALAIRE !
J'AI UN MAL FOU À RETENIR CETTE EXCELLENTE EMPLOYÉE !

RIEN NE PEUT ME RENDRE PLUS HEUREUSE QUE L'ARGENT.
Pas d'argent, pas de relation !
AH BON ? ÇA TE RESSEMBLE TELLEMENT, HINAKO !
JE TE TROUVE TRÈS RÉALISTE, VOIRE FROIDE.
"FROIDE" ? VOYEZ-VOUS DONC !
TU ES ENCORE TROP JEUNE POUR COMPRENDRE, YUKI !
TU SAIS... POUR ACHETER UN PRODUIT DE LUXE...
... IL FAUT DÉPENSER BEAUCOUP D'ARGENT, MAIS AUSSI FAIRE DE GROS EFFORTS.
COMMENT ÇA ?
EN RÈGLE GÉNÉRALE...
... QUAND TU VEUX ACHETER QUELQUE CHOSE, TU PEUX TRÈS BIEN REGARDER DES ÉVALUATIONS SUR INTERNET.
MAIS POUR OFFRIR QUELQUE CHOSE QUI ME RENDRA HEUREUSE...
... TU DEVRAS CHOISIR UN PRODUIT DE QUALITÉ QUI COÛTE CHER...
... ET POUR CE FAIRE...
... PASSER DU TEMPS À LE CHERCHER, À RÉFLÉCHIR ET MÊME À TE DÉPLACER.
PARFUME
Pink Floral
BREF, ÇA TE DEMANDERA BIEN PLUS QUE DES EFFORTS FINANCIERS.

TU N'AS JAMAIS HÉSITÉ AVANT D'ACHETER UN TRUC QUI POURRAIT TE CONVENIR ?
HM...
SI, J'AI PAS MAL HÉSITÉ AVANT D'ACHETER MON PC...
... PARCE QUE JE NE VOULAIS PAS ME TROMPER.
VOILÀ ! C'EST EXACTEMENT CE QUE JE TE DIS !
MAINTENANT, IL FAUT QUE TU SACHES SI TU PEUX EN FAIRE DE MÊME POUR QUELQU'UN QUI COMPTE À TES YEUX.
...
PLUS TU CONSACRERAS DE TEMPS ET D'ARGENT À LA RECHERCHE D'UN CADEAU POUR UNE PERSONNE...
... ET PLUS TU LUI MONTRERAS QUE TU AS FOURNI BEAUCOUP D'EFFORTS...
... POUR LUI FAIRE PLAISIR.
C'EST AUSSI SIMPLE QUE ÇA !

JE PENSE QUE, POUR FAIRE PLAISIR À QUELQU'UN...
... IL FAUT FAIRE LE PLUS D'EFFORTS POSSIBLE.
...
T'ES UNE FILLE BIEN PLUS RÉFLÉCHIE QUE JE LE PENSAIS.
HM ? TU VIENS DE TOMBER AMOUREUX DE MOI ?
REVIENS ME VOIR QUAND TU AURAS UN TRAVAIL. ♡
NON, JE NE COMPTE FAIRE AUCUN EFFORT POUR TOI !
MAIS...
... JE TE REMERCIE POUR TES EXPLICATIONS.
...
Hm...
AU FAIT, PATRON !
MIKU A DIT QU'ELLE EN AVAIT ASSEZ DE MANGER VOTRE OMELETTE AU RIZ.
CO... COM-MENT ?!
AH ! ÇA SIGNIFIE QUE VOUS NE FAITES PAS ASSEZ D'EFFORTS.
Que diriez-vous d'ajouter une bonne sauce demi-glace maison sur ce plat ?
VLAM !

J'ai utilisé pas mal de mes économies pour la rentrée.
Bien !
TAC
コ
ト
TAC
コ
ト
TAC
コ
ト
TAC
コ
ト
VRRRB...
VRRRB...
Maman
!
Allô, maman ?
Oui ! Je suis en train de préparer le dîner !
Ah !
D'accord !

NON, NON, PAS DU TOUT !!
JE VAIS METTRE TA PART DANS LE FRIGO, ALORS N'OUBLIE PAS DE LA MANGER QUAND TU RENTRERAS !
D'ACCORD ! BON COURAGE !!
...
VRRRB
VRRRB
Appel
Yukiya
Répondre
Yukiya
Appel
!
HM ?
ALLÔ ?
...
QU'EST-CE QUE TU AS ?
AH !
EUH...
...

AH ! EUH... JE ME DEMANDAIS SI TU AVAIS TROUVÉ UN BON RESTO...
... POUR TON DÉJEUNER AVEC NATSU.
HEIN ? PAS ENCORE ! JE VAIS CONSULTER UNE APPLI SUR LES RESTAURANTS.
Haa !
DÉCIDÉMENT, IL FAUT TOUT T'APPRENDRE !
QUAND TU M'AS DEMANDÉ SI JE CONNAISSAIS UN ENDROIT COQUET, C'EST PARCE QUE TU CHERCHAIS UN TRUC "INSTANTGRAMMABLE" POUR POSTER DES PHOTOS SUR CETTE APPLI, PAS VRAI ?
BLA... BLA... BLA BLA... BLA BLA BLA...
TU SAIS, LE MOT "PHOTO" EST DANS LA MÊME FAMILLE QUE LE TERME "PHOTOGÉNIQUE", QUI SERT À QUALIFIER UNE PERSONNE.
EN D'AUTRES TERMES, IL N'Y A PAS QUE L'ENDROIT ET LA NOURRITURE QUI COMPTENT POUR UNE JOLIE PHOTO, MAIS AUSSI LA PERSONNE QUI MANGE.
TANT QUE T'AS PAS COMPRIS ÇA, TU FERAIS MIEUX D'ÉVITER D'UTILISER LE TERME "INSTANT-GRAMMABLE" À LA LÉGÈRE !
JE NE VOIS PAS OÙ TU VEUX EN VENIR.
HSS...
JE VAIS TE MONTRER UN EXEMPLE ! RETROUVE-MOI DIMANCHE MATIN À 9 HEURES DEVANT L'ACCUEIL DE LA GARE DE SHINJÛ !
À PLUS !
Il parle très vite.
QUOI ?
EUH... QUOI ?
QUOI ?
QUOI ? QUOI ? QUOI ?
QUOI ? QUOI ? QUOI ? QUOI ?
QUOIIIIII ?!

Pfouuuh !!
TCHIF
MAINTE-NANT, JE NE PEUX PLUS RECULER.
LOVE KYUN
Yûki
TIP TIP TIP TIP
ENDROITS POUR
UN RENCARD EN
AMOUREUX
Voici notre sélection
d'endroits des plus
classiques aux plus
fermeture pour
des illuminations.
PARC D'ATTRACT
NISHIMAI
Le parc d'attractions de Nishima
fait partie des grands classiques
pour un rencard réussi. Il occupe
la 2e place des endroits les plus
populaires auprès des
UN PARC D'ATTRACTIONS...
UN AQUARIUM...
JE SUIS DÉJÀ ALLÉ DANS TOUS CES ENDROITS AVEC MIKU LORS D'UNE SORTIE EN FAMILLE OU AVEC L'ÉCOLE.
ÇA NE NOUS APPORTERA DONC AUCUNE NOUVEAUTÉ.

EN PLUS...
... JE COMPTE SORTIR AVEC UNE FILLE QUI A L'HABITUDE D'ALLER DANS DES ENDROITS COSY QUE JE NE CONNAIS PAS.
JE DOIS SUIVRE LES CONSEILS DE HINAKO...
... ET FOURNIR DE GROS EFFORTS POUR OFFRIR À MIKU UN RENCARD DONT ELLE SE SOUVIENDRA TOUTE SA VIE !!
AU DÉBUT, IL M'A SAOULÉE.
PUIS, IL S'EST MIS À PARLER TRÈS VITE POUR DISSIMULER SON EMBARRAS.
MAIS JE CROIS QU'IL M'A PROPOSÉ UN RENDEZ-VOUS !!

CES DERNIERS TEMPS, IL SE FOCALISE BEAUCOUP SUR LE JEU DE LA DÉCLA-RÉACTION !
JE SUIS SÛRE QUE CET APPEL FAIT PARTIE DE SON PLAN D'ATTAQUE !!
KYAAAH
くぅぅんっ
KKH...
SDOM
SDOM
SDOM
ばたばた
ふんぬっ
HMM
SOUH...
IL EST TROP PRÉVISIBLE !!
...
À QUAND REMONTE...
... NOTRE DERNIÈRE SORTIE ENSEMBLE ?
AVANT, ON ALLAIT SOUVENT DANS LES AIRES DE RESTAURATION DES GALERIES COMMERCIALES.
COMME YUKIYA ÉTAIT AVARE, ON NE BUVAIT QUE DE L'EAU.
ET QUAND ON ALLAIT DANS LES SALLES DE JEU, IL NE VOULAIT JAMAIS JOUER À L'ATTRAPE-PELUCHES.
MAIS J'AIMERAIS TELLEMENT QU'IL M'AIDE À ATTRAPER UNE GROSSE PELUCHE !
TIENS !
ROLL
ROLL
ゴロン
ゴロン
OH OUI ! OH OUI ! OH OUI !

NON !
JE NE DOIS PAS M'EMBAL-LER !
...
ON EST MERCRE-DI...
DASH
ばっ
SHAAAF
EN ME PROPOSANT UN RENCARD...
... TU VIENS DE CAUSER TA PROPRE PERTE !
TCHAF
TCHAF
TCHAF
HU HU
HUHU
JE SERAI FIN PRÊTE POUR DIMANCHE !
L'HEURE DE LA CONTRE-ATTAQUE A SONNÉ !!
YEAH YEAH !
HI HI HI HI
HI HI HI HI
えへ
えへ
ウキウキ

新樹駅*
DIMANCHE...
POURQUOI IL M'A DONNÉ RENDEZ-VOUS DEVANT LA GARE, ALORS QU'ON A L'HABITUDE DE SE RETROUVER DEVANT CHEZ NOUS ?
NeoDays
* GARE DE SHINJÛ.
...
!
...

BÖBOM
BOBOM
...
BOBOM
BOBOM
BOBOM
HFF
...
YUKIYA !
!!
!!

JE T'AI FAIT ATTENDRE ?
OUAIS...
!!
TILT はっ
AH ! EUH... NON !
...
...
"JE VIENS D'ARRIVER !"
AH... AH BON ?
SWIIIT じ
?
?
POURQUOI CETTE VOIX GRAVE ?
...
HM ?
...
TIC ギ
...
TU...

SERVICE D'INFORMATIONS DE LA GARE DE SHINJŪ
"TU COMPTES PASSER LA JOURNÉE DANS CETTE TENUE ?"
QUOI ?
QU'EST-CE QU'IL A DIT ?
HM !
HFF
ふっふっ...
HEIN ? MAIS JE ME SUIS POURTANT TRITURÉ LES MÉNINGES PENDANT TROIS JOURS ET J'AI PASSÉ TROIS HEURES À ME PRÉPARER CE MATIN !
ET VOILÀ MAINTENANT QU'IL CRITIQUE MA TENUE ?
HFF
HEIN ?
EUH... "SUIS-MOI !"
AH ! ATTENDS, YUKIYA !!
TATATAP
スタスタ
Il marche trop vite !

Amery
BONJOUR, J'AI UNE RÉSERVATION AU NOM D'ASAGI.
AH ! NOUS VOUS ATTENDIONS !
C'EST POUR CETTE DEMOISELLE, N'EST-CE PAS ?
VEUILLEZ ME SUIVRE, MADEMOISELLE !

JEU N° 6
UN RENCARD ENTRE AMIS D'ENFANCE
Passez une journée spéciale
dans la peau de Cendrillon
Magasin de location de robes
ELLE A CHOISI UNE TRÈS JOLIE TENUE POUR AUJOURD'HUI...
Je suis désolé.
PENDANT UN MOMENT, J'AI MÊME HÉSITÉ À LUI DEMANDER DE SE CHANGER.
MAIS JE COMPTE FAIRE LE MÊME RENCARD QUE CELUI QUE J'AI VU...
TU COMPTES PASSER LA JOURNÉE DANS CETTE TENUE ?
C'EST UN PEU COMME AVEC UN PC... SI ON NE LE RÈGLE PAS EN SUIVANT LE MANUEL À LA LETTRE, ON FINIT FORCÉMENT PAR SE TROMPER !
... DANS CE MANGA !
SUIS-MOI !
JE DOIS FAIRE CONFIANCE À HINAKO ET À CE SHÔJO MANGA QUI BOULEVERSE LES JEUNES FILLES !

POURQUOI VEUT-IL QUE JE CHANGE DE TENUE DÈS LE DÉBUT DE NOTRE RENDEZ-VOUS ?
MES VÊTEMENTS NE LUI PLAISENT VRAIMENT PAS ?
NOUS COMPTONS PEU DE LYCÉENNES PARMI NOS CLIENTES.
EST-CE QUE VOUS ÊTES ICI... POUR UN RENDEZ-VOUS AMOUREUX ?
À moins que vous ne soyez invitée à un mariage ?
EUH... MON AMI NE M'A RIEN DIT.
Euh... Euh...
AH BON ?
JE COMPRENDS MIEUX... POURQUOI VOUS SEMBLEZ GÊNÉE.
Vous êtes pourtant déjà bien habillée.
QUE SOUHAITEZ-VOUS FAIRE ? EST-CE QUE VOUS VOULEZ PARLER AVEC LUI ?
JE SUIS SÛRE QU'IL VEUT VOUS FAIRE UNE SURPRISE.
!
C'EST MOI QUI AI PRIS SA RÉSERVATION AU TÉLÉPHONE.
IL AVAIT L'AIR TRÈS STRESSÉ, MAIS IL A PRIS SUR LUI POUR M'EXPLIQUER QUELLE ROBE IL AVAIT CHOISIE.
C'ÉTAIT VRAIMENT TROP MIGNON !
Les lycéens sont vraiment adorables !
Elles sont irrécupérables...

C'EST YUKIYA QUI A CHOISI CETTE ROBE.
IL AIME DONC...
... CE GENRE DE TENUE !
IL L'A SÛREMENT CHOISIE EN PENSANT QU'ELLE M'IRAIT.
EUH...
JE ME DEMANDE SI ÇA VA LUI CONVENIR.
SHAAAF !
!

...
...
TU VOULAIS ME FAIRE PORTER UNE TENUE COMME CELLE-CI, YUKIYA ?
HEIN ?
へぇぇー？
HM ?
ふぅぅ～ん？
ALORS, TU ES HEUREUX ? TES SENS SONT TELLEMENT EN ÉBULLITION QUE TU NE PEUX PLUS DIRE LE MOINDRE MOT ?
...
LES BELLES FRINGUES SONT FAITES POUR ALLER À N'IMPORTE QUI !
QUOI ?!
MAIS...
ALLEZ ! ON Y VA !
POURQUOI VEUT-IL QUE JE PORTE CETTE ROBE ? OÙ COMPTE-T-IL M'EMMENER ?
J'ANGOISSE !
Merci beaucoup !
AH ! ATTENDS !
Tu marches trop vite !
TATATAP
スタスタ

TADAM
TADADAM
AH WAH WAH
あわわわ…
VOiCi VOTRE ENTRÉE... UNE DARNE DE SAUMON Mi-CUITE ACCOMPAGNÉE D'UNE ViNAiGRETTE AU YUZU.
?!

2YEUTE
チラ...
2YEUTE
チラ...
Des lycéens ?
YU... YUKiYA...
TU ES SÛR DE TOI ? ÇA A L'AIR TRÈS CHER ICI.
HM !
ALORS, TU COMPRENDS MIEUX MAINTENANT ?
LES PHOTOS SUR LES RÉSEAUX SOCIAUX DEVRAIENT METTRE EN VALEUR...
... L'ENDROIT, LA CUISINE, AINSI QUE LES PERSONNES QUI S'HABILLENT DE MANIÈRE APPROPRIÉE POUR L'OCCASION.
LAISSE-MOI TE DIRE...
... QUE TU ES RADIEUSE !
GOUH
NON, NON, NON ! CE N'EST PAS LE GENRE D'ENDROIT OÙ ON PEUT S'EMBALLER COMME TU LE FAIS !
POURQUOI TU PARLES AVEC AUTANT D'EXCITATION DANS LA VOIX ?
...
HM !
NE FAIS PAS ATTENTION AUX AUTRES.

C'EST PLUTÔT MOI...
... QUE TU DEVRAIS REGARDER !
HA HA HA !
J'AI COMPRIS !
QUOI ?
LA PRÉSENCE DE TOUS CES ADULTES AUTOUR DE NOUS ME REND TRÈS NERVEUSE !!
DEPUIS TOUT À L'HEURE, J'AI L'IMPRESSION QU'ILS NOUS REGARDENT.
Et je suis sûre qu'ils nous ont entendus !
Hu hu !
JE DOIS LAISSER LE JEU DE LA DÉCLA-RÉACTION DE CÔTÉ POUR LE MOMENT !!
!

MMH ! C'EST BON !
C'EST LA PREMIÈRE FOIS QUE JE MANGE UN PLAT PAREIL !
AH...
SWIT
ほっ…
AH BON ?
MÊME S'IL NE SEMBLE PAS À L'AISE...
... IL FAIT DE GROS EFFORTS...
... POUR ME SÉDUIRE.
ON PEUT DIRE QU'IL EN FAIT TROP.
C'EST MOI OU T'ES MOINS BAVARDE QUE D'HABITUDE ?

JE CROIS QUE TU AS COMPRIS LA RAISON DE NOTRE RENCARD, HEIN ?
ACCROCHE-TOI BIEN ! LE MEILLEUR RESTE À VENIR !
QUE...
QU'EST-CE QU'IL MANIGANCE ENCORE ?
Dream resort
HEIN ?!
VOILÀ L'ENDROIT LE PLUS RAISONNABLE DE LA JOURNÉE !
C'EST SUPER !!
WAOUH ! JE VAIS PASSER UN APRÈS-MIDI AVEC YUKIYA AU ROYAUME DES RÊVES !!
J'Y SUIS DÉJÀ ALLÉE AVEC DES AMIES AU COLLÈGE.
MAIS IL Y A ENCORE DES ATTRACTIONS QUE JE N'AI JAMAIS FAITES !

DIS, YUKIYA ! TU VOUDRAIS COMMENCER PAR...
HEIN ?!
YUKIYA ?!
...
HM !
!
HEIN ?
MERCI...
TU AS PANIQUÉ À L'IDÉE DE TE RETROUVER TOUTE SEULE ?
NON, J'AI PANIQUÉ EN PENSANT QUE TU T'ÉTAIS PERDU !!

PFF !
ÉVITE DE DISPARAÎTRE SANS RIEN DIRE, D'ACCORD ?
Merci pour la crêpe...
Hm...
PLAAASH
ドドパァァー
ON A FAIT LA QUEUE PENDANT LONGTEMPS, MAIS ÇA EN VALAIT LA PEINE !
2 HEURES D'ATTENTE POUR 2 MINUTES DE FUN...
Ça fait partie des efforts à fournir...
NYARK
にやり…
MAIS JE COMMENCE À AVOIR MAL AUX PIEDS.
!
...
EST-CE QUE JE PEUX M'APPUYER SUR TON ÉPAULE ?
SWIF
スッ…
?!

QUOI ?
EUH...
QU'EST-CE QUE TU FAIS ?
HEIN ?! QUOI ?!
DASH
?!!
... PARCE QUE TU M'AS DIT QUE TU AVAIS MAL AUX PIEDS.
JE VOULAIS TE PORTER...
J'VAIS PAS TE LAISSER ME PORTER ICI !!
GARDE TES MAINS LOIN DE MOI, OBSÉDÉ !
TAP TAP
ジリ ジリ...
GWIF GWIF GWIF GWIF
わきわき わきわき
ALLEZ, VIENS !
NE FAIS PAS TA TIMIDE !

JE NE SAIS PAS, MAIS IL AGIT UN PEU TROP BIZARREMENT À MON GOÛT ! J'AI L'IMPRESSION QU'IL ESSAIE DE ME POUSSER DANS MES RETRANCHEMENTS.
JE VAIS RENDRE COUP POUR COUP !!
MIKU !
MIKU !
FWUT
FWUT
QU'EST-CE QUE...
... T'EN PENSES ?
KKH...
...
...
...
ÇA Y EST !!

...
J'EN SAIS RIEN !!
TU NE TROUVES PAS QUE JE SUIS BEAU...
... QUAND LA LUMIÈRE DES LAMPADAIRES SE REFLÈTE SUR MON VISAGE ?
QUOI ?!
HEIN ?! TU VEUX SAVOIR SI ÇA ME FAIT DE L'EFFET ?!
BIEN SÛR QUE NON !!
Gouh !
JE SAVAIS BIEN QUE CE SERAIT TROP SUBTIL POUR ELLE.
HAA...
HU HU HU HU !
QU'EST-CE QUI T'A PRIS DE ME DEMANDER ÇA ?

ALLEZ !
ÇA PEUT MARCHER !
BON ! TU AS PRÉVU AUTRE CHOSE ?
!
EUH...

D'AC-
CORD !
FERME
LES YEUX.
QUOI ?
EUH...
ATTENDS,
ATTENDS !
PAS
SI VITE !
TU ES...
VRAIMENT
SÉRIEUX,
LÀ ?
OUI !
FERME
LES YEUX !

CE SOIR...
... TU ES MA PRINCESSE, RIEN QU'À MOI !
EUH...
NON, NON, ARRÊTE ! JE NE SAIS PLUS OÙ ME METTRE !
Hein ?
BAH QUOI ? T'EN PINCES POUR MOI, C'EST ÇA ?
MAIS NON ! ÇA N'A RIEN À VOIR !

AH
のしっ
NE T'EN FAIS PAS ! Y A PERSONNE D'AUTRE QUE NOUS, ICI !
ALORS, TU PEUX L'ACCEPTER DE BON CŒUR !
あうっ
SBOF
ZYEUTE
ZYEUTE
キョロキョロ…
Hein? え〜
T'ES VRAIMENT BIZARRE AUJOURD'HUI, YUKIYA !
…
EUH…
EH BIEN…
MOI AUSSI, JE CROIS QUE J'EN FAIS UN PEU TROP.
IL LE PENSE, LUI AUSSI ?!
FWAAASH
ザザァー
MAIS…
… TU AS VÉCU…
… UN MOMENT TRÈS FORT, PAS VRAI ?
TU N'OUBLIERAS JAMAIS…
… CE RENCARD INCROYABLE.

ET PUIS, JE SUIS SÛR QUE PERSONNE D'AUTRE...
... NE T'OFFRIRA UNE COURONNE AVEC UN CHÂTEAU À L'ARRIÈRE-PLAN.
FWAAASH
BROOOOM!!
FWAAASH

FWAAASH
...
JE...
JE NE
AISSERAI
RSONNE...
?!
...
YUKIYA ?

GRAB
?!
WAAAH !!
YU... YUKIYA ?! MÊME S'IL N'Y A PERSONNE AUTOUR DE NOUS, CE QUE TU FAIS VA À L'ENCONTRE DES RÈGLES DE NOTRE JEU !
ZWIF
YUKIYA ?
YUKIYA ? ÇA VA ?
YUKIYA ?!

TO END THIS
LOVE GAME ×××

## JEU N° 7 UN AMI D'ENFANCE QUI EN FAIT TROP

!!
TU MANQUES DE SOMMEIL ?
NE T'EN FAIS PAS ! JE MANQUE UN PEU DE SOMMEIL, C'EST TOUT.
ÇA IRA MIEUX APRÈS UN PEU DE REPOS.
C'EST VRAI QUE J'AI VU DE LA LUMIÈRE DANS TA CHAMBRE QUAND JE ME SUIS COUCHÉE HIER ET MÊME AVANT-HIER SOIR.
T'AS ENCORE JOUÉ, C'EST ÇA ?
Comment faire bonne impression lors d'un rendez-vous ? Comment un homme doit-il s'habiller et se comporter ?
...
OUAIS...

IL NE FAUT PAS...
... TE COUCHER TROP TARD LA VEILLE D'UNE SORTIE.
EN PLUS, TU N'AS PAS L'HABITUDE DE CE GENRE DE JOURNÉE !
ALORS, JE COMPRENDS QUE TU SOIS ÉPUISÉ.
...
LE YUKIYA QUE JE CONNAIS...
... DÉTESTE FAIRE LA QUEUE DANS LES PARCS D'ATTRACTIONS...
... ET REFUSE DE GASPILLER SON ARGENT...
... DANS DES RESTAURANTS CHERS OU DANS DES COURONNES.
RIEN NE T'OBLIGEAIT...
... À EN FAIRE AUTANT, TU SAIS ?

Mochizuki
Maegi1
Cendrillon
Le prince charmant
Sakura34
6
1
2

LA MODE POUR LES JEUNES HOMMES
3
Love kyun
Love kyun
2
...
BON !
PUISQUE ÇA NE MARCHE PAS...

YU... YUKI...
...
GWIF
...
A... ALORS ?
EST-CE QUE TON CŒUR...

ぽん… POF
POF ぽん…

NE T'EN FAIS PAS !
J'AI PASSÉ UNE EXCELLENTE JOURNÉE.

JE NE PEUX...
... RIEN FAIRE CONTRE ELLE.
ALORS QU'ELLE SE COMPORTE TOUJOURS UN PEU COMME UNE GAMINE...
... IL LUI ARRIVE D'AGIR TOUT À COUP EN ADULTE.
J'AI PAS LÉSINÉ SUR LES EFFORTS...
... POUR LA BATTRE...

RiEN NE T'OBLiGEAiT À EN FAiRE AUTANT, TU SAiS ?
NE T'EN FAiS PAS !
... MAiS iL ME RESTE ENCORE...
... UN LONG CHEMiN À PARCOU-RiR.

...
JE VAIS NOUS CHERCHER UN TRUC À BOIRE.
HEIN ?
AH !
HAA !
IL M'A FAIT HALLUCINER !
BOBOM !
BOBOM !
BOBOM !
BOBOM !
BOBOM !
J'ÉTAIS LOIN DE M'IMAGINER QU'IL M'ATTAQUERAIT DE LA SORTE !

YUKIYA...
... SEMBLAIT PRÉOCCUPÉ.
JE NE LAISSERAI PERSONNE...
... AVOIR TON PREMIER...
JE NE SAIS PAS...
... CE QU'IL A VOULU DIRE.
GWUSH
!
AH !
FWOP
SBATAM !
!

?
パラ…
FLAP
TU COMPTES PASSER LA JOURNÉE DANS CETTE TENUE ?
ZYEUTE
じ
NON...
JE...
... VIENS D'ARRIVER !
QU'EST-CE...
... QU'IL Y A ?
TU COMPTES PASSER LA JOURNÉE DANS CETTE TENUE ?
SUIS-MOI !
...

C'EST...
C'EST DONC À CAUSE DE ÇA...
... QUE YUKIYA ÉTAIT BIZARRE TOUTE LA JOURNÉE ?
DANS CE VOLUME AUSSI, IL Y A PLEIN DE MARQUE-PAGES !
IL A LU CES MANGAS AVEC BEAUCOUP D'ATTENTION !
Love
JE MANQUE UN PEU DE SOMMEIL, C'EST TOUT.

IL EST VRAIMENT...
... BÊTE !
IL EN FAISAIT BEAUCOUP TROP...
... ET IL NE SE SENTAIT PAS À L'AISE.
JE PENSE MÊME QU'IL DEVAIT ÉPROUVER UN PEU DE HONTE.
IL A FAIT TOUT ÇA...
... POUR ME BATTRE ?
MAIS...
... POURQUOI TIENT-IL TANT QUE ÇA...
... À GAGNER ?

FLAP
パラッ
FLAP
パラッ…
?!
…
JE... JE NE
EUX PLUS
PRENDRE
SUR MOI !!

- fin du volume 1 -

## JEU BONUS — LA CÉRÉMONIE DE FIN D'ÉTUDES DES AMIS D'ENFANCE

ELLE A BEAUCOUP ÉVOLUÉ PENDANT CETTE PÉRIODE.
ELLE EST PEUT-ÊTRE MÊME DEVENUE LA FILLE LA PLUS POPULAIRE DU BAHUT, QUI SAIT ?
ET EN AVRIL PROCHAIN...
... ELLE ENTRERA AU LYCÉE.
ELLE SERA LYCÉENNE...
J'IMAGINE QUE BEAUCOUP DE MECS...
... TOMBERONT AMOUREUX D'ELLE.
HÉ !
ÉCRIVONS TOUS UN MESSAGE DANS NOS ALBUMS COMMÉMORATIFS !
OUAIS OUAIS OUAIS
ワイワイ

JE VAIS RENTRER...
UN MEC COMME MOI NE PEUT PAS LAISSER DE MESSAGE DANS QUELQUE CHOSE...
... D'AUSSI PRÉCIEUX QU'UN ALBUM COMMÉMO-RATIF.
ÇA REVIENDRAIT À LE SALIR AVEC UN GRAFFITI.
TATATAP
YUKIYA !!
HAA...
HAA...
HAA...
HAA...
!

HEIN ?
QUE... QU'EST-CE QUE T'AS ?
RIEN DU TOUT !
HAA
HAA
HAA
HAA...
HFF...
HAA...
COMME C'EST LA DERNIÈRE FOIS QU'ON RENTRE DU COLLÈGE...
... EN PORTANT CES UNIFORMES...
... J'AIME-RAIS...
... FAIRE LA ROUTE AVEC TOI.
ÇA TE TOUCHE ?
...

HÉ !
SORS TON ALBUM COMMÉMORATIF !
QUOI ?
ALLEZ !
?!
Album commémoratif
HÉ !
QU'EST-CE QUE TU FAIS ?
SCRRT
SCRRT
SCRRT
SCRRT
SCRRT
ET VOILÀ !
Album commémoratif
Il faut frapper à la porte avant d'entrer dans la chambre de Wakana.
Même si tu n'as pas une jolie écriture, fais sorte que t messages so lisibles
J'esp
Sois un peu plus sincère.
Coiffe-toi avant d'aller à l'école.
Tu ne dois plus jouer aux jeux vidéo jusqu'à 5 heures du matin !! Tu risques d'abîmer tes yeux !
Arrête de bouder dans ton coin et essaie de te faire des amis quand tu seras au lycée.
Arrête de critiquer pour le plaisir de critiquer.
Ne mets plus de chemises avec des cols abîmés pour aller à l'école. Garde-les pour chez toi.
Quand tu parles avec une personne, regarde-la dans les yeux.
Mange des oignons.
Arrête de te forcer à boire du café noir, alors que tu n'aimes pas ça.
Nettoie toi-même la boîte de ton bento.
Arrête de parler trop vite quand tu évoques quelque chose que tu aimes, parce que j'ai du mal à comprendre ce que tu dis. Et sois plus concis.
Lave bien tes tenues de sport.
ête de bouder coin et essaie de te aire des amis quand tu seras au lycée.
Arrête de critiquer pou plaisir de critiquer
Quand tu parles avec une personne, regarde-la dans les yeux.
!

Y A QUE DES CRITIQUES !!
C'EST MIEUX COMME ÇA, NON ?
TU AURAIS ÉTÉ TRISTE SI PERSONNE N'AVAIT ÉCRIT DANS TON ALBUM, PAS VRAI ?
Hm !
JE NE T'AI RIEN DEMANDÉ, MOI !
JE COMPTAIS METTRE UN TERME À CETTE PÉRIODE AVEC COMME SEUL SOUVENIR UNE ÉTENDUE RECOUVERTE DE NEIGE SANS LA MOINDRE TRACE DE PAS...
OUI, OUI, C'EST ÇA !
ET C'EST POUR ÇA QUE TU M'AS SUI...
Album commémoratif
C'EST VRAI, ÇA !
ELLE M'A...
... SUIVI JUSQU'ICI.
Sois un peu plus sincère.
Arrête de bouder dans ton coin et essaie de te faire des amis quand tu seras au lycée.
Arrête de critiquer pour le plaisir de critiquer.
Ne mets plus de chemises avec des cols abîmés pour aller à l'école. Garde-les pour chez toi.
Mange des oignons.
Arrête de te forcer à boire du café noir, alors que tu n'aimes pas ça.
Nettoie toi-même la boîte de ton bento.

...
ET PUIS...
... ELLE A ÉCRIT TOUS CES MESSAGES EN QUELQUES MINUTES.
TOUT EST VRAI.
J'AI PLEIN DE DÉFAUTS...
... MAIS ÇA NE L'EMPÊCHE PAS DE RESTER PRÈS DE MOI.
HFF !!
DIS, ÇA TE DIRAIT QU'ON AILLE VOIR MON ONCLE ?
JE SUIS SÛRE QU'IL VA NOUS OFFRIR UNE PART DE GÂTEAU POUR CÉLÉBRER CETTE JOURNÉE SPÉCIALE !
D'AC-CORD...
JE NE PEUX PAS... RESTER COMME ÇA INDÉFINIMENT...
QUAND J'ENTRERAI AU LYCÉE...
... JE FERAI TOUT POUR ME MONTRER À LA HAUTEUR !

# A DÉCLARÉACTION PASSE À LA VITESSE SUPÉRIEURE !!

# APRÈS UN RENDEZ-VOUS PLEIN DE TENSIONS, LE JEU D

Leur relation a évolué grâce à leur premier rencard !
Afin de connaître les véritables intentions de Yukiya,
Miku lui lance un défi !
Leur jeu de la déclaréaction va passer
à la vitesse supérieure !

## À découvrir dans le tome 2 !

Ce manga est publié dans son sens
de lecture originale, de droite à gauche.

Ici, vous êtes donc à la fin.

AISHITERU GAME O OWARASETAI Vol. 1
by Yuki DOMOTO

Original Japanese edition published by SHOGAKUKAN.
French translation rights in France, Monaco and French-speaking Belgium, Luxembourg, Switzerland, Quebec in Canada
arranged with SHOGAKUKAN through VME PLB SAS.

Pour la traduction française :
KANA (DARGAUD-LOMBARD s.a.) 2025
7, avenue P-H Spaak - 1060 Bruxelles



Achevé d'imprimer en janvier 2025 • Dépôt légal : février 2025
d/2025/0086/085 • ISBN 978-2-5051-2262-3
Loi n° 49-956 du 16 juillet 1949 sur les publications destinées à la jeunesse
Février 2025

Traduit et adapté en français par Rodolphe Gicquel
Conception graphique : Vanya Michel
Adaptation graphique : Éric Montésinos

Imprimé et relié en Italie par Grafica Veneta Spa,
Via Malcanton 2, 35010 Trebaseleghe (Pd)

PEFC
PEFC/18-31-226
Certifié PEFC
Ce produit est issu de forêts gérées durablement et de sources contrôlées
www.pefc.be